U0926432

Mothers

Chris Power

母亲

［英］克里斯 · 鲍尔 著

王颖 译

上海译文出版社

献给玛丽和约翰·鲍尔

目　录

1976年夏

我的妈妈，还有那个夏天，总在我的脑海中萦绕，那个因我撒谎而伤害了尼斯·霍夫曼的夏天。整整六个星期都是那么闷热，在外面晃一整天，也感受不到一丝微风。九月我就要十一岁了，可是炎热让日子变得如此漫长，我的生日似乎再也不会到来。我们公寓楼外草坪上的白桦树，像个哨兵矗立着，纹丝不动。树皮积着尘，树叶像破布一样垂着。日间没人的时候，世界就静止了。

今年春天，妈妈和我从斯德哥尔摩搬到了城外的这个新社区。一切都整齐划一，每个公寓楼外草坪上都种着白桦树。很多人都想住在斯德哥尔摩，但妈妈的男朋友安德斯认识地产公司的什么人。安德斯告诉我们说，我们应该搬离原来的房子，因为那里又小又破。他说生活应该是这样的：有活动的空间，且绿荫环绕。后来我才发现，他不喜欢我们的旧房子，只是因为妈妈曾和爸爸在那里生活过。当然还有我，但是爸爸很久以前就死了，那时我还太小，什么都不记得。“他挺好，后来病了，然后死了，”妈妈这样告诉我，“就这样。”说完，两手轻轻一拍，就像要拍去手上的面粉一样。我们搬去新房子，远离了父亲的幽灵，安德斯曾尝试唤我他的小姑娘，但他没能坚持太久。

*

我们的楼是个很长的长方形，特别地白。一共四层楼，每层楼有四个楼梯间：A，B，C，D。我们住在二楼的 4B。我卧室的墙壁上贴了张很大的世界地图，在床头柜的抽屉里有些红色和蓝色的贴纸。红色贴纸用来标记我已经去过的国家，蓝色贴纸用来标记我想去的国家。贴了红色标签的国家只有丹麦和瑞典。有时我会把瑞典的红标签摘下来，因为感觉像在作弊，但早晚我又会把它贴回去。随着时间的流逝，蓝色标签数量渐增：法国，爱尔兰，俄罗斯，西班牙，巴西，美国，南斯拉夫。我挑选这些国家，或是因为我喜欢它们名字的读音，或是因为我在电视节目中看到过它们，或是因为我在妈妈的旅行指南中读到过它们，那是一本厚厚的平装书，我喜欢把它放在膝盖上，一读就是几个小时。有些国家，比如日本，我只是单纯喜欢它的形状。

尼斯·霍夫曼也住在二楼，在我隔壁的楼梯间。他和我同岁，也没有爸爸。我们不仅是邻居，就连我们的卧室也是紧挨着的。我能看到他在窗户玻璃上贴贴画，从外面只能看到贴画白色的背面，但只看形状，我也能猜得出那是士兵、飞机和汽车。晚上有时我会起床，把耳朵贴在墙壁上，努力听他的动静。

尼斯的母亲是我见过的最漂亮的女人。她有一头金发，美得近乎冷酷。我真搞不懂，像她这样的人物怎么会生活在我们公寓楼这样乏味的地方。她似乎也被同样的想法而困扰：我从没见过她快乐的样子，但这并没影响她的美貌。我的妈妈也有她独特的美，但她似乎总在为这样或那样的事忧心，而这种忧心渐渐成了她脸上的细纹，而这些细纹却成了你看到的全部。我不爱照镜子，但当我这样做时，镜子里注视着我的是她的脸。唯一的不同是，现在的我比当初的她更老了。

当我看到霍夫曼夫人和其他男人在一起时，我疑心他们是不是和安德斯一样坏，或者也许更糟。在夜里，偶尔我也会猜想，尼斯的耳朵是否也曾贴在我们之间这同一堵墙上，我们之间仅隔几厘米。我都能看到他的金发在房间里的一片黑暗中发着微光。

我并不是喜欢尼斯。他会像动物一样在小区里公寓楼之间疯跑，不是踩到花，就是撞到树。他会把干土泡湿，做成泥巴饼，去扔男孩子，然后伸着黑漆漆黏糊糊的双手，去追女孩子。我从不掺和这些游戏。我有时也和社区其他孩子一起玩，但不是尼斯。

一天，七八个小孩围在我家楼下的花坛里，或站着或跪着，不知在看什么。我从他们背后好奇地望进去，想知道是什么让他们这么着迷。

“是什么呀?”我问，他们挤得太紧了，我看不到。

就在这时，隐在人堆中间的尼斯忽然站起来，大家忙往后退，“就是这个!”他一边说一边转向我，我只看到一团小东西向我直飞过来。我本能地接住了它：一只死老鼠。在我将它扔到地上之前，它在我手上停留了一会儿，它冰冷而僵硬，令人悚然，刺刺的皮毛上还沾着泥土。这种感觉黏在了我的手上。我周围所有的人都在笑。

“脏东西!”我冲尼斯叫道。

我哭着跑回家，在妈妈确定我其实并没有受什么伤后，我告诉了她事情的经过。“好啊。”她说，然后离开了公寓。我跑到窗前，看她出门，去了隔壁楼梯间。那个晚上，我不需要把耳朵贴到墙壁上，也能清楚地听到霍夫曼夫人训斥尼斯的声音，尽管我很难把那粗犷嘶哑的声音和她的美貌联系在一起。就好像他们家还住着另一个女人，当有人该受到惩罚时，这个女人才会出现。后来，训斥声停了，过了好一会儿，我坐在床上，把耳朵贴在凉凉的墙上。当我听到尼斯轻声抽泣时，我记得，我笑了。

*

妈妈在附近的工厂办公室工作，安德斯每天开着他的旧萨博车去斯德哥尔摩上班，他的工作和城市电话线路有关。我曾问过他，他说这对于小女孩来说太复杂了。假期我经常都是一个人，但我不在意。只要有书读，我从不觉得无聊。白天我经常在白桦树斑驳的树荫下看书，围着树干跟随着它的影子在草坪上移转。就好像坐在一个巨大钟面的中心，树荫先是扫过我们公寓楼长长的楼面，然后是邻近的楼群。死老鼠事件过去几天后，尼斯翻篇了。他假装无视我，但我能看到他眼中那飞快的小动作，斜着打量我。伪装眼神这种事情，我可比他拿手多了。他大呼小叫着，在地上瞎扑腾——冲锋陷阵，扑手榴弹——不过没多久，他自己也厌倦了这样的把戏，安静下来。沉迷在书中的我，抬起头时，发现他居然还在那儿，仰着脖子望着我们的公寓楼。

“如果我能把这个扔进中间的窗口，你给我什么？”他拿着红苹果，咬了一口。

他盯着的是楼道里用于通风透气的落地窗，在那个夏天从早到晚一直都开着。

“那是我家外面的窗户。”我说。

“我知道，我们是邻居。”

当他这么说时，我的脸发烫了。不知怎么地，我没想过尼斯会想到这个，没想到除我以外的任何人会想到这个。也许他真的也曾像我一样把耳朵贴在墙壁上，我想。也许我们真的曾在同一时刻偷听过对方的声音。“你会失手的。”我说。

“我不会。”

“好吧，那就证明一下。”

“你会给我什么？”尼斯问。他想让自己听上去像是挑衅，但那语气却带了一丝哀求。这让我意识到我比他有权威。这个想法让我很兴奋。

“你先证明给我看，”我不假思索，“其他的等等再说。”

尼斯抬头望向窗户，退后几步，掂量了几下苹果。他右臂后拉时，左臂在身前伸出，直指他的目标。他使劲扔出苹果，苹果穿过开着的窗户直飞进去，就像是系在绳子上被拽了进去一样。苹果砸出一声轻响。尼斯转过身，咯咯地笑，我也笑了。

“我就说吧，”他说，“现在给我的奖励呢？”

我把书放在身旁的地上，然后站起身。

“过来。”我说。

当尼斯走向我时，我感到鸡皮疙瘩皱入了我的皮肤，即便是在那样热的天。他站在我面前。我们一样高。

“闭上眼。”我说。

“为什么？”

“闭上眼，就会得到给你的奖赏。”

尼斯闭上眼睛，我把手放在他的肩膀上。我触到他时，他缩了一下。

“闭着眼。”我说。他挤着眼闭得更紧了。我把嘴唇凑向他。我也闭上了眼，感觉有一浪东西从我身上通过。像在大热天冲进了冰冷的海。

就这样我们静止了几秒，就像我们头顶上的树一样。

然后尼斯撤出。他看上去很震惊。他想说些什么，却只发出些许声音。他抬手擦擦嘴，猛地推开我，我倒在干燥的草地上。他跑了，在公寓楼的转角处消失了。

我没哭。也没想哭。当我看着我头顶上参差不齐的树叶时，我感到一种莫名的麻木。我拿起书上楼回家。苹果砸中了我家门外的墙壁。它爆裂了，墙上的污渍像是油漆弹的痕迹，白色的果肉粘在上面，溅了一地。在热气中它们已经开始发黑。我踩过它们，走进屋，径直去到我的房间，躺倒在床上。

看到尼斯的杰作，安德斯大吼。汪达尔人！他大喊着。冲进我的房间，眼睛发着光，问我知不知道门口那令人作呕的东西是怎么回事。我告诉他我一下午都在睡觉，什么也不知道。令人惊讶的是，他居然相信了。

*

母亲和安德斯喜欢办派对，尤其是在那个夏天。他们是好主人，我猜，因为来了很多客人。整个公寓充斥着烟雾和细语，空杯子和瓶子像杂草一样冒出来，在桌上、地上、书架上。

播放的总是爵士乐，早上安德斯的唱片在唱机上高高摞起，像一圈圈的甘草卷。给唱片找封套，总能带给我巨大的满足感，我爱研究那些唱片封面。它们有些是音乐家的照片，有些是对专辑标题的描绘。我记得有张名为“昂首阔步"（*Cool Struttin'*）的唱片封套，一个踩着高跟鞋的女人走在城市的街道上。但我最喜欢的还是那种与音乐有着某种神秘联系的封套：灰色海面上的小帆船，穿过破碎窗户的阳光，大漠中的沙丘。我喜欢把这些唱片都铺在地板上，我坐在中间，然后迷失在这些图片中。

有派对的夜晚，妈妈会比平日晚些送我上床，但我依然很难入睡。炎热已经很难熬了，更闹心的是听到音乐和人声，我却不能身处其中。那个夏天较早的一次派对中，我蹑手蹑脚走到房间门口，把门打开一条缝。卧室外的短走廊通往客厅，我可以窥见一丝光景，通过这条狭长的缝隙，我看到人们饮酒、抽烟、跳舞。

这种感觉很奇妙，像在从舞台的一侧看戏。那个世界于我而言是如此特别，所有人都显得见多识广、成熟老到。但当你长大，就会意识到，那个特别的世界，那个从门缝中瞥见的世界，完全不是你以为的样子。它从未如你想象一般地存在过。

但是倚在门边的那个夜晚，脸颊紧贴着门框，我看到了超凡脱俗的一幕：霍夫曼夫人正好站在了客厅的墙壁前，墙壁好像银屏，而她就像是投射在银屏上的影像。她的刘海好像美丽面容的画框。她穿了身牛仔裙，一条铜拉链从领口直抵裙摆，配了双棕色皮靴。她身边的男人一头乱蓬蓬的黑发，穿身邋里邋遢的西服。她真是和他一起来的吗？他看上去就是个路人甲。他们托着酒杯，举着香烟，彼此没有交谈，也没和其他人说话。然后霍夫曼夫人走出了我有限的视野。那个男人凝视杯中，又待了一会儿。然后也随她而去。

看到霍夫曼夫人在我家，我很兴奋，想尽可能地多看她一会儿。我悄悄走出房间，沿着昏暗的走廊，向着客厅暗橙色的灯光走去。立体声音响中传出的音乐很是高昂：那是小号声和狂乱的鼓点。再加上仿佛上百人喊叫的声音，一起在走廊中回响。那里可能只有二十几个人，但感觉像是一个部落，当我望向客厅时，我知道那正是高潮。他们几乎每个人都在喊叫或是欢笑。一些人舞得很是狂野，随着小号的乐声甩着头，脸上的汗闪着光。三个男人围着音响凑在一起激烈地讨论着什么，每人手上都抓着张唱片。我没看到妈妈或是安德斯，但我并不慌张，房间里的气氛是如此欢愉，不用担心什么。每个人都在欢庆，或者说几乎每个人。沙发上，一对男女在轻吻，坐在他们身边的是霍夫曼夫人和她的同伴。沉默枯坐，他们仿佛正在寒夜里等待着末班车。

我在床上醒来，妈妈坐在我的脚边抽着烟。公寓里很是安静。我动了动，期待她转过头来，但是她完全没有反应。附近楼房里彻夜不灭的钠灯照着她的脸。她几乎没有表情，目光凝滞。我觉得她在思念父亲，甚至在和他交谈。让他知道我们过得如何。

我们很少谈及这些，她只会说事情已经过去很久了，他在天堂里爱着我，然后她就会转换话题。她给我看过一张他的照片，但很谨慎。她给我看时我很激动，但我从未主动向她要求，这似乎是合乎逻辑的，怎么可能任何时候想看就能看呢？这需要争取，虽然这神秘的奖励机制，是我无法理解的。

母亲过世后我曾期望在她的遗物中找到更多父亲的照片，但那真是唯一的一张。我现在已经没有那张照片了，但我依然清晰地记得照片中每一个细节：那是张黑白照片，有窄窄的白边，没有装框，在顶部有道折痕。父亲盘腿坐在码头上，裸着胸膛，穿着短裤和白色帆布鞋，眯眼看着太阳，露出一种痛苦般的微笑。他身后平静的黑色水域看上去很是深邃。同样我也没有她的照片。

派对过后第二天，再去问妈妈，坐在我床上时，她到底在想些什么，这似乎有些不合时宜。好像如果说出来，某种力量就消失了。再后来，妈妈被诊断出癌症，这些自然就被忘却了。你以为当死亡临近，你会提出一切重大的疑问，理清所有的头绪，但在我们却不是这样的。在很短的时间里，本来好好的妈妈，饱受病痛折磨，而药物甚至令她病得更重。她人虽然还在那里，却被遮盖了起来。当我们可以交谈时，我们只是谈些日常的事情，一些过后你再也不会记起的事情。现在我真希望我还能回忆起那些对话，哪怕只是一个呢。

*

夏日炎炎。后来又有一些派对，不知霍夫曼夫人有没有参加，但我没再见过她。妈妈带我去斯德哥尔摩准备开学要用的物件：练习簿、铅笔盒、运动包。她喜欢早做准备，比其他人能早上好几周。她担心如果晚了就都没了。我时不时还会见到尼斯，但我们不说话，即便擦肩而过也一声不吭。他和男孩们玩战争游戏，给从花坛中捕获的小昆虫安排不幸的命运，在小区里四处飞奔，用棍子敲击墙面。而我只是坐着看书：一本书接着一本书，日复一日。

一连几天我谁都没见到。看来尼斯和其他人出于某种原因，决定去其他什么地方玩了。整片草地成了我的私人王国。一天我正坐在那里，享受这奢侈的孤独，一个男人走来。他是菲斯克先生，物业负责人。他是个胖老头，多数时间蜷在他的小窝里抽香烟和喝黑啤。

“小姑娘，”他说，“我可以问你个问题吗？”

我抬头看他。他方方的眼镜反射着阳光，白色的高光遮住了他的眼睛。他在我面前蹲了下来。他闻上去像派对后的公寓，一种复杂而有趣的成人的味道。

“你叫什么名字？”他问。

“伊娃。”

“伊娃，对了。你是玛丽和安德斯的女儿。”

“玛丽·杨森是我妈妈，”我说，“安德斯·希达隆不是我爸爸。”

菲斯克先生道了歉，当时我觉得他是真诚的，但也许他只是在和这个敏感的小女孩逗乐子。他问我是不是喜欢住在这里，是不是经常待在这栋公寓附近，比如说，我们现在所处的这片草地。我点了点头，有些紧张，不知他到底想问些什么。

“还有谁经常在这里玩呢？”菲斯克先生问。

“好些人。我该走了。”我说，但还没等我站起身，他把手按在了我的胳膊上。

“你见到有人做些不该做的事吗？你有没有看到谁向楼里扔东西？”

我没作声。

“林布隆一家有几天没在家，回来时发现一片狼藉：门口一摊腐烂的水果。苍蝇。黄蜂。他们很难过。”

林布隆一家住在我们楼梯间的顶楼。我很惊讶尼斯居然可以把东西扔得那么高。我倒是有些想偏袒他了。有那么一瞬，我想告诉菲斯克先生，是安德斯干的。告诉他安德斯每天晚饭后都会下楼来到这片草坪上，对准楼房的通风窗扔苹果玩。我看到菲斯克先生把安德斯赶出公寓楼，他被铐着双手，像个罪犯。但我也知道菲斯克先生不可能相信，所以我说了真话。“是尼斯。”我说。

“尼斯？”

“尼斯·霍夫曼。”

“尼斯·霍夫曼？你确定？”

“是的。”我一边说一边走，“尼斯经常这么干。”我跑开了。跑到楼梯间门口我回过头，看到他还蹲在树旁，像个傻子一样盯着我。我讨厌他。“就是尼斯干的。”我喊道，转身跑上楼。

*

晚上我躺在床上，等着听霍夫曼夫人高声训斥。我不知道自己会不会也因此惹上麻烦。我紧张得都想吐。我听到窗外垃圾箱盖子掉在地上的声音，随后一阵狗吠。

就像那个夏天的每一个夜晚，我房间里的空气黏稠得像果酱。房间里太黑，我已经看不清地图上的国家，但依稀可以辨出黑色的大陆板块：欧洲、非洲和美洲。当我盯着它们时，它们仿佛在黑暗中生长。我站在床上，把耳朵贴在光滑的墙壁上。我紧紧闭上眼，尽可能凝神聆听，但我只能听到我自己：血液在血管中嘶嘶作响，那些背叛的话语如鲠在喉。

*

我甚至从未考虑过这种可能，也许往林布隆家扔水果的人并不是尼斯。就在菲斯克先生和我谈话的第二天，他敲响了我们家的门。我们刚坐下吃晚饭。安德斯照例正在抱怨，抱怨交通，抱怨政治家，抱怨工作中他身边的一群白痴。我没在听，满脑子想的就是夏天要结束了，学校要开课了。一整个假期我已经习惯独处了，再和这么多人相处会很难。妈妈也在神游。你可以从烧焦的肉块和坚硬的土豆中尝到她的心不在焉。

“伊娃，我可以和你父母谈一下吗？”我打开门，菲斯克先生问道。他和我们一起坐在餐桌旁，谢绝了食物，接受了啤酒，他问我母亲和安德斯，我是否向他们提起过昨天“我们的闲聊”。

“她没有。”安德斯说，还对我皱了皱眉，这表情激发了我的恐惧。

菲斯克先生告知了我们的谈话内容，描述了林布隆一家旅行归来后的所见。“这不只是发生在这一栋楼，”他说，“到处都是，土豆、卷心菜、苹果，有时还扔石头。有人很忙啊。”

“我们家也遇到过！”安德斯说，“有人就是猪。”他用手指戳着桌布，“你给他们一个挺好的地方住，他们呢搞得一团糟。”

“安德斯。”妈妈说。他点了支烟，推开面前的盘子。

妈妈看看我，又看看菲斯克先生。“您应该不会认为是伊娃吧……？”她说。

“不，不！我只是想再了解一下她告诉我的情况。我有些困惑，想再确认一下。”

“伊娃，你和菲斯克先生说过什么？”妈妈靠近我问道。

我看着自己盘子里的土豆。

“怎么不说话?”安德斯说,“说话,伊娃,回答你的母亲。”

我说不出。我说不出我曾经说过的话。

“她告诉我说是尼斯·霍夫曼。”菲斯克先生说。

“噢。”妈妈说。她听上去有些伤感。

安德斯哼了一声,好像他早就知道了一样。“他这么顽劣,还不是她纵容的。”他说。他阴阴地凑近菲斯克先生:“你知道她……”他刚开口,妈妈就打断了他。

“她过得不容易,安德斯,你知道的。够了。”她现在听起来并不累。她的声音稳重而坚定。

安德斯耸了耸肩,颓然地靠回椅背。他闷闷不乐地弹了弹桌布上的裂口,像个小孩。一阵沉默。

“只是最近我没见到他们,”菲斯克先生说,对于妈妈和安德斯之间的不愉快,他显然有些尴尬,“大多数人出门都会和我打声招呼,让我帮忙照看一下,但是霍夫曼夫人——从不。我不能肯定,但我在附近转悠时,他们总不在,没人见过他们。所以我想问一下伊娃,”他转向我,一字一顿地说,“她是否绝对肯定,亲眼见到尼斯干了那事。”

他们都看着我,等着我回答:胖胖的菲斯克先生,阴沉的安德斯,焦虑的我的妈妈,悲伤扭曲了她的脸。

*

那夜醒来，妈妈正坐在我的床尾。窗外的灯光映着她的鼻尖和眼睛，这也是她唯一在动的部分。一支香烟在她指尖燃烧，但她没有把它送到嘴边。

“妈妈？”我轻唤，“妈妈！”

她不知是没有听到，还是不想回答。我又睡了，再次醒来她已离去。

*

两天后霍夫曼夫人来我家。那是晚上九点多。我正蜷在椅子里看书。安德斯在看什么关于大选的电视节目——大选正好在我生日那天。妈妈在厨房餐桌旁看我小时候的照片。时不时地她会叫我的名字，我看过去，她手上举着张照片，照片上的我胖乎乎的，一副受惊的样子。

“这是你八个月大的时候，”她说，过了一会儿，“这是在你卡勒叔叔家。”又过了一会儿，“你那么喜欢这双小鞋子。后来穿不下了，你哭得可伤心了。”

这些照片在我看来全都一个样。

门铃响了，妈妈还没把门完全打开，霍夫曼夫人的声音已经传了进来。她语速很快，透着怨恨。血涌上我的脸，我觉得自己在颤抖。我想立刻跑回房间，然后越窗而逃。但我发现自己站起了身，并在向我眼前的大门移动。

妈妈请霍夫曼夫人进屋，但她拒绝了。“两周前，”她说，“我收到这通告，都是关于尼斯的谣言。他是怎样从哥德堡干下这些事的呢?”她一边说，一边在我妈面前挥舞着一张纸，“请你倒是说说看。”

霍夫曼夫人越说声音越高。我看见尼斯站在她身边。他直视着我，但面无表情，好像我完全不存在。

两只手压着我的肩膀，安德斯把我押到了大门口。霍夫曼夫人指着我说：“她，就是她，她造谣中伤我儿子。”

我以为妈妈会说些什么，告诉霍夫曼夫人不要那样跟我说话，但她只是哀伤地看着我。手上还拿着张我儿时的照片。

然后安德斯开始说话，我没听他在说什么。我看着尼斯，他继续盯着我。霍夫曼夫人和安德斯说了好一会儿话。后来，他晃着我的肩膀，让我说对不起，我说了。他们商定明天我和霍夫曼夫人一起去见菲克斯先生，向他讲明实情。我没告诉他们，我真的曾看到尼斯往窗口扔苹果。我什么也没有说。

当晚，我恍惚入睡时，觉得自己听到了墙壁那边的轻扣声。声音来自尼斯的卧室。我躺在床上等着再听一遍，考虑是不是也敲敲墙回应一下。犹豫之间，我睡着了。

*

第二天早上我去按霍夫曼家门铃时，天气很是燥热。

妈妈上班前来我房间，那时天刚亮，就已经有些热了。她说她非常失望。就这样，再没别的。她的责备比安德斯的来得重。安德斯只是在我房门口默默地站了几秒，然后一跺脚，甩门而去。

我刚按门铃就听到霍夫曼夫人下楼的声音。她显然是在等我。透过楼道门上的玻璃，我见她身穿一袭白裙配双棕色皮革凉鞋。这样的她应该在巴黎某大酒店，顺着楼梯步入大堂才对，而不是走在斯德哥尔摩城郊的混凝土楼梯上。我记得那天早上，妈妈垂着疲惫的脸，看着床上的我。我想，那才是一张属于这里的女人的脸。

霍夫曼夫人打开门，尼斯也跟了出来，他穿着白衬衣黑短裤，一双擦得锃亮的黑皮鞋。我从没见他打扮得这么精神。我穿的是随手从地上拿的一套衣服，牛仔裤的膝盖上还染着草色。去见菲斯克先生的路上我们谁都没有说话。树上飘来的喋喋不休的鸟鸣像是嘲讽。我只想结束这一切，抓本书，再次消失。我看着地面，看着面前霍夫曼夫人迈动的纤细的腿。一路上她都牵着尼斯的手。但是为什么没有人牵着我的手？五十年后的今天，我仍能感受到一路上那份绝对的孤独，甚至比当初更为强烈。后来，我就想，我已经超脱了，没有什么东西可以触动我。她是谁，我想，这个困在城郊的迷人女子？还有这个她养育的小笨蛋，就算这次他是无辜的，但他肯定犯下过其他的罪。但当我站在那个发霉的房间里，看着菲斯克先生，说我很抱歉我撒谎了时，我发现我的泪止都止不住。我哭泣时，眼前浮出妈妈焦虑的脸，这让情况变得更糟。但我哭泣不是因为我让她失望了。我是在为她哭泣，为她的处境：守着愚蠢的安德斯和他们愚蠢的派对。我是在为霍夫曼夫人哭泣，她根本就不想来这儿，我是在为尼斯哭泣，这个没有父亲的笨小子，当然我也是在为我哭泣，最主要还是为我自己。我号啕大哭，霍夫曼夫人把一只僵硬的手放在我肩膀上，蹭了蹭，想让我平静下来。

*

我开学前的那个周末，妈妈和安德斯开了那个夏天的最后一场派对。整整一天，天空越发阴沉，黄昏时远处传来阵阵雷声。夜晚风暴将至，空气变得黏黏的。

音乐那么吵，睡觉是不用指望了。我醒着躺在床上，直到开始下雨。雨落下的声音像热锅里的油脂嘶嘶作响。我走到开着的窗前，往外望：白桦树落叶轻舞，我似乎已经好些年没看到这景象了。雨滴从窗台溅到我的脸上、胸前。水珠凉爽，空气清新。客厅里传来尖叫声和鼓掌声。因为下雨？我走到卧室门口，只看到混作一团的人群，叫人困惑，我轻手轻脚进入走廊，想找个好些的观察角度。其实我根本就不用这么小心：四下里一片嘈杂。窗户向着雨水倾泻的天空完全敞开，肆虐的雨声融入如水的钹声中，疯狂的鼓点纠缠着萨克斯和小号的音浪。欢呼还在继续，每次眼看要结束，又再次兴起。灯光很暗，比平时更暗，每个人都在跳舞，在这个局促的客厅中集体躁动。我看见一个男人像蛤蟆一样蹲在一个女人的脚下，甩着头，一脸怪相。女人的双手揉着头发，粗暴地把自己的头推来搡去。一个男人抱着一个女人在转圈，女人的腿环在男人的腰上，双手挥舞。还有一个男人在独舞，手指在空气中胡乱地划，随着音乐的节拍嘶喊："对！对！"穿过杂乱的身体，我看到妈妈在房间的另一边。她闭着眼，抬起的头向着天花板。她衬衫最上面的几颗纽扣松开了，现出了胸罩上的蕾丝。安德斯贴在她身后，双手抓着她的臀。我看着她，她的眼睛突然睁开，注视着我头顶上方的某个点。所有累积的悲伤都被冲走了。他们光彩夺目。这一刻她甚至比霍夫曼夫人更美。

她又活了两年，但我再没见过她有那样的神采。在我无法入睡的夜晚，又会出现在我眼前。这个女人她到底是谁？当然，她是我的妈妈，但那只是她的一部分，而我想了解她的全部。我可以去问安德斯，但我不知道他身在何处，我也不认为他能够告诉我。能够像码头上的那个男人那样告诉我。所以我没有问，我只是铭记。铭记着并想象着。我想象她坐在我的床边，灯光勾勒出她的面容，如果灯光迄今依旧明亮，在与我面前的书桌相隔数百公里的地方。一支被遗忘的香烟在她指尖消亡。她望着窗外，但她目光所至，我无从得见。

婚礼之上

“卡梅隆，你能在婚礼前一周就过来吗？”努莉雅的声音开始变形，网络电话连线失败，她的面部定格成马赛克。她待在那里等待回复，身后是墨西哥城挂着雨珠的窗户。在伦敦布里克斯顿这是一个炎热的夏夜。利亚姆和卡梅隆肩并肩挤在笔记本电脑屏幕前。

“我们来的。”卡梅隆说。

努莉雅的脸还是僵在那里。

“我们会来的。”利亚姆又重复了一遍，不确定她是否能听到。

传来半句话：“……是说你俩都会来吗？”

“是的，”卡梅隆靠在屏幕近前说，“小利也会来。”

“哦，”她说，“那太好了。”

卡梅隆和努莉雅是三年前在希腊乘渡轮时认识的。当时她刚从墨西哥搬到巴塞罗那读书，卡梅隆趁着暑假在希腊纳克索斯岛帮一个朋友翻修房子。那年秋天，卡梅隆回伦敦后，就和利亚姆搬到一起住了。其实这是他们父母的意思，但他们不想利亚姆知道。他们觉得卡梅隆，虽然比利亚姆小十四个月，却更像个兄长，能帮助利亚姆“安稳下来”，利亚姆完全可以想象他妈妈说这句话的样子，一晚卡梅隆喝醉了，承认了这整个安排。

努莉雅去伦敦看卡梅隆时认识了利亚姆。她带着男友米格尔。他们来的那个星期六晚上，和卡梅隆的一大群朋友一起出去玩，利亚姆也跟着去了。他们喝了很多酒还吸了可卡因，最后在沙德韦尔的一个迷宫似的仓库里开狂欢派对。利亚姆、米格尔和其他人走散了，打电话给卡梅隆和努莉雅，可他们都没接电话。米格尔想走时已经凌晨三点了，回布里克斯顿的出租车上，他们聊着各自在伦敦和巴塞罗那不一样的成长经验。回到家他们都困得打起了哈欠，但还是决定再来一瓶。在公寓局促的厨房里，他们正谈论着西班牙足球，事情就发生了。米格尔压向利亚姆开始吻他，一股狂暴的力量扑向他。利亚姆以前从没吻过男人，他吻回米格尔。他们挪去利亚姆的卧室，就在这时，一切还没来得及发生，利亚姆的电话响了。

“你在哪儿呢?”卡梅隆问。

利亚姆从问话里听出了不安。他听到电话背景里一群人的笑声。“我们在家。”他说。

“米格尔和你在一起吗?”卡梅隆听上去放松多了。

“是，他在这儿。”米格尔静静地坐在床边，衬衫和牛仔裤都开着。

“米格尔在那儿。”利亚姆听到卡梅隆说。

“亲爱的!”努莉雅叫道。又有三四个其他声音重复了这句话。

“我们也快回来了，小利，”卡梅隆说，“还有几个朋友。我们再买点酒。”卡梅隆拿开手机说了些什么，然后又回来，“利亚姆……”

“什么?”

“今晚很好，不是吗?”

利亚姆知道这句话的言外之意：“别做个疯子，别做个他妈的怪物。”

“是，”他说，“我过得很愉快。”

“你还好吧?”

“我很好，小卡，一会儿见。”他挂了电话，看着正盯着地面的米格尔，“他们在回来的路上。”

“就当什么都没发生过。”米格尔说。

*

拜访过后的几周里，一有机会，利亚姆就把话题往米格尔身上引。卡梅隆告诉他，米格尔是做网站开发的。他是个自由职业者，经常不在努莉雅身边，不在巴塞罗那，利亚姆听到不禁一阵欢喜。利亚姆越来越忍不住去想，如果卡梅隆晚二十分钟打电话，他们之间会发生什么。

利亚姆又问了个什么关于米格尔的问题，卡梅隆说：“你们处得挺好啊，是吗?”

他耸了耸肩：“看上去人挺好。”

*

努莉雅邀请卡梅隆去法国尼斯玩，米格尔正好在那儿有工作，卡梅隆建议利亚姆也一起去。利亚姆背着好几年的信用卡债务，说没钱去，但卡梅隆愿意出钱。“来吧，他们也想见你。”

“我不知道。”利亚姆一边说，一边把装在打包盒里的外卖面条分到两个盘子里。

“不然你干什么呢?”

“坐那儿，”利亚姆冲厨房外的沙发点点头，“搞臭自己。”

“小利，你不幽默。”

“噢，我可幽默了，像木头一样幽默。”

卡梅隆没理会他。

利亚姆叹了口气。“也许我应该重新开始写书，”他说，“全身心地投入。”几年前，利亚姆开始写小说，虽然最后只写了一页提要和几个没关联的场景。

“说到这个，利亚姆，”卡梅隆说，“你要真那么干当然很好，不过最后你大概还是会干些……没效率的事。去尼斯吧。你再想想。”

利亚姆的脑海中浮现出这样的画面，自己和米格尔躺在海边，在碧蓝的天空下。他们是海滩上唯一的一对。他递给卡梅隆一个盘子。“吃你的面。”他说。

*

到尼斯的第二个晚上，他们和米格尔的一帮同事出去玩：有美国人，比利时人，德国人，斯洛伐克人。到了午夜，大家都喝醉了。在最后一间酒吧“莫比迪克”，大家又喝了几轮。利亚姆感觉身体里已经充满了酒精。米格尔冲他举起包香烟，歪歪头示意去门外。他们走出来。这是那个周末他们第一次独处。他们离开其他抽烟的人，沿着僻静的街边走了一段。

“我本想写信给你，”利亚姆说，“但我不知道是否应该那么做，或者说你是否希望我那么做。”

米格尔看看利亚姆，又看看酒吧。手握成拳，举向头，敲着太阳穴，然后抓起利亚姆的胳膊，拉着他一路小跑，两个肩膀磕磕碰碰。利亚姆看着米格尔，米格尔却看着前方。跟在米格尔身后，利亚姆越过宽阔空旷的海滨大道。他们翻过防浪墙，落在石滩上。路灯照出一片空荡荡的海滩，利亚姆看到远处一条参差的白线，浪花就在那里破碎。他们站在防浪墙脚下，灯光照不到的地方。米格尔把利亚姆翻过身，压在墙上，坚硬的石头顶着他的胸膛。米格尔双手不停，解开利亚姆的牛仔裤，粗野地把它扯落。他用脚分开利亚姆的腿，向后猛拉他的臀部。利亚姆感到一阵剧烈而炙热的疼痛，手掌撑在了石壁上。他叫出声，挣扎开，摇着头。米格尔转过利亚姆的身体，跪在沙滩上，把它放进嘴里。在浓浓的墙壁的阴影中，利亚姆石化了，面前是海浪的涛声，身后是马路，汽车疾驰而过。他从未有过这样的感觉。他知道他再也不会忘记。

*

从尼斯回来后，利亚姆写信给米格尔，邮箱地址是从群邮中剪切粘贴出来的，但他没有收到任何回复。一个月后，卡梅隆告诉利亚姆，米格尔和努莉雅要结婚了。婚讯宣布后，利亚姆又见过一次米格尔，是努莉雅找的他，提议去柏林给米格尔一个生日惊喜。

在一个旧电厂改建的俱乐部里，利亚姆和米格尔各自走着走着落了单，随后再次相遇。他们躲在黑暗房间的角落里，米格尔迅速而粗暴。他把利亚姆按在墙上，把自己推进他的身体。利亚姆大声呻吟，无法自已。疼痛，起初是种折磨，然后就被其他什么更大的东西吞噬了：麻木变成了沸腾的快乐。他感觉到身上米格尔的手。他感觉到掌下冰冷的砖。然后他们接吻了，利亚姆低着头，看着米格尔的脸。

"我是真的喜欢你。"利亚姆在米格尔的耳畔轻语。米格尔笑笑，用手掌托着利亚姆的脸。

"你是个好人。"米格尔说，用额头顶着利亚姆的额头。

利亚姆本打算问米格尔，婚礼真是他想要的吗？但是此刻，这是他最不想提起的事。

*

从柏林回来后，利亚姆第二次给米格尔发邮件，寥寥数语，说他有多享受，说他想谈谈。也许通过网络电话？没有任何回音。婚礼一天天临近，利亚姆犹豫着要不要去，一想这件事，一阵恐惧和热望就充斥着他。他毕竟被邀请了，他想，这一定意味着什么。他尝试忘记米格尔，但总是失败，他受够了，决定在一个柔和的盛夏之夜前往苏荷区，找个男人。一个人坐在双层巴士的顶层，当汽车在坑坑洼洼的路面颠簸时，他暗示自己这是新生活的第一夜。虽然在米格尔之前他从没做过，但也许他一直就想要这样。

他来到老康普顿街，走进第一家酒馆，在吧台点了杯喝的。令他惊讶的是，没多久就有人上前搭讪了。时髦，金发，帅气。他说他的名字叫威廉。“或者叫我威尔，如果你愿意。”

“世上最好的威尔[①]。”利亚姆说。他紧张了，他知道自己听上去一定很傻，但威尔笑了——再次令利亚姆惊讶——然后交谈就变得容易了：工作、音乐、旅行、美食。他们又叫了一杯，又叫了一杯。威尔问利亚姆要不要出去透透气。

他们沿着希腊街走，路过一拨又一拨从酒吧和饭馆里出来抽烟的人群。街尾的苏荷广场一片黑暗，被透着微光

① 世上最好的意愿（will），英语双关。

的建筑包围着。威尔抓住利亚姆的肩。

“进去吗?”他说，“我知道从哪里可以挤进去。”

利亚姆点点头。他口干得已经说不出话。近旁路灯的灯光以特定的角度撒落下来，正好把威尔的脸分成了两半，一明一暗。他们在狭窄的人行道上行走，一边是停放的汽车，一边是绕着广场的尖头围栏。一个角落上，一团阴暗中，一根围栏被折成了V字形。像个挑起的眉弯，利亚姆觉得好笑。威尔穿入围栏，他跟在身后。

黑暗中利亚姆的注意力都集中在了威尔的金发上，它散发出微弱的光芒，像被阴云遮蔽的月亮。正在发生的，和即将发生的，似乎都不真实。他们停下步。威尔转身，笑着，说:“过来。”他托起利亚姆的下巴。他的舌灼热，硕大，搜寻着。它推进，用力，直抵利亚姆口腔后部。利亚姆的舌反击，推回，但威尔没放弃。威尔把手伸向利亚姆腹下，见没反应，用掌根开始上下摩擦。利亚姆把威尔的头往后拉，威尔服从了，轻笑着，依然吻着利亚姆。和米格尔一起，他们的身体似水乳交融，但是和威尔一起，却像是一场战争。威尔的舌贪婪而粗野，完全占据了利亚姆的口。他想要的太多。利亚姆抓着威尔的肩，将他推开。利亚姆退后一步，威尔伸过来的手，被利亚姆拨开。

“去他妈的，两只公鸡搞什么搞。”

从那以后利亚姆就没再出去玩。倒不是因为他把所有的钱都花在了去墨西哥的机票上——反正他总还可以借更多的债。而是遇见威尔以后，曾经的那种感觉又回来了：在他和整个世界之间隔着一道帷幕。

卡梅隆注意到了这一变化。“我不喜欢你总这么一个人待着。”一天晚上回到家，卡梅隆看到利亚姆在沙发上睡着了，半边身体从沙发边垂了下来，一地的啤酒罐。“你要不要在我那儿做点事？”卡梅隆管着一个场子，举办公司活动。

“别担心，”利亚姆说，酒意和睡意都还没退去，“这是我的‘独处时间’。”

利亚姆在离家五分钟的一家二手书店找了份很轻松的工作。他每天喝第一杯酒的时间越来越早。他试着写作，但是打开他两年前最后一次修改过的电脑文档，看了五分钟，就又关了。在记忆中，他写得更多，也写得更好。

婚礼前一个月，他破了戒，打开努莉雅的脸书网页，寻找米格尔的照片。米格尔站在努莉雅身边，身后是一桌子的礼物。米格尔右臂环着努莉雅，右手握着她的臀，她的手落在他的手上。他的左手优雅地放在她的腰际。利亚姆继续往下翻，努莉雅搂着朋友们的照片、新闻报道、漫画、摘抄、图片。他翻得越来越快，忽然停下，翻回一个页面。米格尔站在海边的浅滩，小腿旁绕着白色的泡沫花环。他穿条牛仔短裤，露出紧致的棕色小腹，双手伸过头顶。利亚姆感到防浪墙的石壁又迫在了胸前。从照片的角度看，利亚姆的双手仿佛拢着太阳乳白色朦胧的光环。利亚姆抵达墨西哥时，柏林的事已经过去一年多了。什么都不会发生，他告诉自己说。但有些事终将发生。

*

米格尔和努莉雅有很多远道而来的朋友——欧洲、南美洲、美国——因此他们筹备了整整一周的活动直至婚礼那天。首先他们在墨西哥西海岸阿卡普尔科租了间别墅，招待所有海外客人和一些来自墨西哥城的努莉雅的老朋友。

利亚姆和卡梅隆刚刚离开的伦敦已是天寒地冻，而这里却有二十几度。沙滩上，利亚姆背朝大海，眼前白色的酒店和公寓沿着海岸线森然林立。他喝了杯鸡尾酒，啤酒加番茄酱汁和蛤蜊汤调配而成，这是努莉雅的朋友推荐的，说是宿醉的最佳饮品。太阳伞像是一簇簇的蘑菇，人们三三两两躺在伞下，偶尔有一两个人去水里玩。昨晚漫长而喧闹，利亚姆是最后一个上床的，不过在黎明蓝色的晨光中，估计其他人也好不到哪里去。

他们去的俱乐部位于城市上方的悬崖。卡梅隆鼓动努莉雅教利亚姆跳舞。“他不想学。”她边说边笑着摇头。但卡梅隆很坚持，努莉雅只好起身，越过桌面拥挤的酒瓶，伸出手。

“你得动这儿。”努莉雅盖过乐声大声喊道，双手旋动利亚姆僵硬的臀部。俱乐部里很热闹，但舞池里没几个人，对于这样的公开课，利亚姆感觉很尴尬。努莉雅把他的手放在自己的臀部，把自己的手腕搭在他的肩上。她随性摇摆，黑色的直发在身后甩动。看着他的腰，她笑了。几个男人跳着舞凑到近前，看着努莉雅。她也曾和米格尔这样跳舞，这个想法让利亚姆觉得米格尔和他又靠近了些。他希望努莉雅能用看米格尔的眼神来看他，哪怕只是一瞬，因为他想看到米格尔眼中的世界。他的手落在努莉雅的臀部，他想起那张照片，米格尔的手也曾落在这里。他握紧努莉雅的臀部，试图让自己的臀部也能像她那样扭动。她的动作像是在做爱。“很好。”她说，但她的表情——尽管脸上的灯光忽明忽暗看不真切——更像是嘲笑。他无法像她那样摆动，于是他用笑来分散她的注意，免得她总去关注自己那断断续续的抽动。她拉近他，指甲掐着他的脖子，隐隐生痛。“你必须放手。”她说。

利亚姆抽离出来，耸耸肩道了个歉。“英国屁股！”音乐声中他大声喊道，退出乐池。努莉雅轻蔑地挥了挥手，继续跳舞。利亚姆摸摸脖子，还能感觉到努莉雅留下的指甲印。卡梅隆走过来，手里拿了瓶龙舌兰，后来的事他就不记得了。

在阿卡普尔科的最后一天，他们乘坐玻璃底舱游船。他们穿过海湾，来到一个悬崖前，熄掉引擎。大家都涌去甲板看悬崖跳水。只有利亚姆留在了下面。他希望米格尔会注意到，并趁机来见他。来墨西哥后，他和米格尔只简单问候过几句。利亚姆又宿醉了，他嘴巴发苦，脑袋抽痛，耳边传来响亮的被扩音器扭曲了的导游的声音。导游一遍遍地重复地说着“拍照”这个词，像是在祷告。

从船舱望出去视野有限，他看不见悬崖跳水员，只看到一线悬崖和悬崖脚下卷起的绿色海浪。感觉过了好久，他听到欢呼，看到一朵水花，接着一阵更高的欢呼。他看到了水中的跳水员，正冲着船挥手。他看到米格尔下到船舱，他紧张地期待着，随后才注意到他身后还跟了个人。是努莉雅。“你在这儿呀。”她说，坐在利亚姆身边。米格尔轻轻挥了挥手，远远地坐下。“你怎么没上去?”

“我晒伤了。”利亚姆边说边抬起他奶白色的前臂摇了摇。

“但是你弟弟在上面呀。”

“他遗传了所有的好基因。”利亚姆说。他笑了，笑得太响也太久。有些尴尬，他清了清嗓子，揉了揉脸。

“也无所谓啦，反正这里也不是真正的悬崖跳水，”努莉雅说，“那在海湾的拐角处。拉魁布拉达。晚上他们拿着火把往下跳，看上去像流星。那是个热门景点，不过我还是觉得它挺震撼的。”

利亚姆点了点头，努莉雅把手放在了他的手臂上，轻柔却坚定，像是在安慰他。她的手散发出温暖。他冲她笑了笑，目光越过她盯着米格尔，他正弹着短裤上的什么东西。水拍打着船。利亚姆期待有人说些什么，但没人开口。引擎又开动了。人们陆续回到船舱，努莉雅起身告知其他人接下来的行程。

船接着开，在海湾通往大洋的地方停下了，下方的海床上有尊石像。“瓜达卢佩圣母。”导游虔诚地诵道，被放大的声音噼啪作响。大家都挤过来，围着船的玻璃舱底。利亚姆花了好一会儿才辨认出隐在碧绿色海水中的物件。几米开外，一名女子站在水草覆盖的岩石上，双手合十祈祷。仰起的面部布满了苔藓和蛤蜊。她眼神空洞。海草在她脚下轻摇。利亚姆想，如果自己和她一起待在这水下，是否还会听到这拥挤的游船中嘈杂的声音呢？她看起来很孤独。一群小银鱼游到她身边，稍作停留，终又散去。利亚姆想起，儿时他家附近的教堂里也有尊圣母像。“圣母马利亚。”他们总这样称呼她。做礼拜时，无论利亚姆坐在哪个位置上东张西望，他的目光最终总会被她吸引。她白色的长袍外穿一件蓝色的斗篷，面容无比和蔼。一手在臀侧，掌心向上，一手抬起，与肩齐高，两个手指仿佛夹了支隐形的香烟。在她的左边，圣坛后面的墙上，钉着耶稣，他体无完肤，双目在极大的痛苦中翻了过去，利亚姆不到十六岁就宣称自己是无神论者，在他看来那更像是高潮。他再次感到了米格尔在他体内时的热浪，还有掌心抓着的粗糙的砖块。

*

没几天就是婚礼了，利亚姆和卡梅隆来到墨西哥城。

在努莉雅和米格尔居住的玫瑰区，他们找了间最便宜的旅馆住下。一晚，努莉雅的家人在家举办名为波萨达的活动，他们家距市中心不远。“我们会唱约瑟夫和马利亚前往伯利恒的赞歌，”她解释道，“然后大吃一顿，一醉方休。”花园里张灯结彩，还搭起了一个棚子，棚下的桌上摆满了美酒佳肴。努莉雅的父母向客人们致了简短的欢迎辞，为照顾听不懂西班牙语的客人，他们还讲了几句英语。他们很有风度，父亲高大消瘦，留着银色的胡须，母亲长得很大气：大嘴巴，高鼻子。利亚姆意识到，站在他们身边的一定就是米格尔的父母了。他们又矮又胖，站在高贵优雅的主人身边，他们的穿着打扮显得庸俗廉价。

这天白天挺暖和，但晚上很凉，几乎是冰冷，很多客人都抱了杯热巧克力。利亚姆走到一张摆满酒瓶的桌前，给自己倒了一大杯威士忌。在努莉雅母亲声情并茂的带领下，大家唱起了歌。然后一个星状的皮纳塔①被送进了花园。努莉雅的一个兄弟爬上屋顶拽着皮纳塔挂绳的一端，挂绳的另一端由另一个兄弟用一根树枝挑着。努莉雅第一个上。她被蒙上了眼，高举了一根长杆，像个日本武士。皮纳塔在她头顶上晃来晃去，她的步伐跟着前后挪动，脑袋也跟着来回摆动。她抬起一条腿，摆出空手道的架势，正当大家被她逗得乐不可支时，她猛然进攻，她的兄弟们

① 墨西哥传统游戏中的道具，用纸、陶或者布做成，外面饰以彩纸，里面装有糖果和玩具，最后由参与者将其击碎。

都没来得及把皮纳塔拉开。她一击即中，纸模破裂，糖果、玩具，还有貌似刮刮卡的东西从裂开的星星中洒落。每个人都欢呼。努莉雅笑着掀开眼罩，胜利地向空中举起长杆。奖品在她脚下闪闪发光。

后来，看到米格尔离开，利亚姆跟着他走到了房子前面黑暗的车道上。他知道婚礼前努莉雅会一直待在父母这里，米格尔将独自一人住在他们的公寓里。在这里，和在阿卡普尔科一样，米格尔几乎没有和他说一句话。当车库上方的安全灯闪烁时，车道上泛着白霜，利亚姆唤了他的名字。

米格尔停下脚步，转身。

“你必须和我聊一聊。”利亚姆说。

米格尔笑笑，并没恼。“不，我不必，利亚姆。”说完转身走入黑暗。

大家都走了，努莉雅和卡梅隆待到很晚，他们坐在寒夜中，喝着伏特加，回忆往事。努莉雅腿上盖了条厚厚的毯子，脚架在卡梅隆的腿上。当她建议利亚姆进屋找张沙发睡觉时，利亚姆松了一口气。

第二天早上，努莉雅的父母离开家时他醒来了：他听见他们在走廊和她说话。她的妈妈说了什么把大家都逗乐了。利亚姆冲完澡，发现卡梅隆在厨房，女仆，一个名叫索珂的年轻女子，正在为他们准备早餐，煎墨西哥薄饼。努莉雅说索珂想练习英语，可当利亚姆用英语打招呼：“嗨，索珂，你好吗?”时，她只是笑着看着自己的鞋，直摇头。

厨房餐桌上放了本介绍阿兹特克人的书，吃早饭时利亚姆翻了几页。看了些照片，有石雕巨蟒，金字塔废墟，还有面部痛苦而愤怒的人物雕像。一幅色彩鲜艳的石盘照片吸引了他。石盘上的浮雕是一个被肢解了的女性身体，断腿处露出森然白骨。

早餐过后，卡梅隆又回床上去了，利亚姆和努莉雅坐在阳光明媚的花园里。家里养的小猎犬，黑球，在草地上吠叫躁动。它背部着地翻滚扭动，头顶着地，翻着眼睛，爪子在空中软软地耷拉着。

“它在耍宝呢。”努莉雅说，微笑着看着狗。有几分钟他们谁都没说话。从其他房子传来些声响：平底锅的撞击，剪草机的轰鸣。索珂打开厨房门，把一个鼓鼓的塑料袋扔进垃圾箱，转身回去。利亚姆起身，点了支烟，一边抽烟一边在花园里来回踱步。黑球像个疯了的月亮围着他转，扑向他的影子，然后冲进灌木丛。撞得灌木猛摇。

“那本书上的浮雕是什么？”利亚姆问。

“什么浮雕？”

“一个女人被砍了双臂双腿。戴着个巨大的头饰。”

“月亮女神柯约莎克。”努莉雅说。

“柯莎……”

“柯约莎克，一个阿兹特克人的神。她的弟弟杀了她。维齐洛波奇特利，他既是战神也是太阳神。”努莉雅说。

“他为什么这么干？”

努莉雅闭上眼睛，仰起头让阳光照在她的脸上：“柯约莎克的母亲是柯特里克，大地之神。她遇到一团羽毛意外受孕。”

利亚姆笑了：“一团羽毛？真的假的？”

努莉雅侧过头睁开一只眼，头依然仰着：“你到底要不要听？”

“好吧，”利亚姆举起双手，“好吧，一团羽毛。当然啦。”

努莉雅闭上眼睛。“所以柯特里克怀孕了，但她所有的儿女都认为她……”她挥挥手，“到处乱搞，你懂的。”

利亚姆点点头。

“因此，她的女儿，柯约莎克，密谋要杀她。但正当她和她的弟兄们——那可是一支大军，都是柯特里克生的，大约，几百个孩子——到达他们母亲居住的洞穴前时，柯特里克生下了维齐洛波奇特利。他一身盔甲，刚从娘胎里出来就准备好战斗了，他杀死了他的姐姐，其他兄弟一哄而散，飞上天际变成了星星。然后，他看到柯特里克很悲伤，就砍下了柯约莎克的头，扔上天空，变成了月亮，这样妈妈就能每天都看到女儿了。”

“她女儿被砍下的脑袋。”

“对啊。很甜蜜，哦？”

利亚姆看看努莉雅，她闭着眼睛，一张笑脸迎着晨光。

他喜欢她，也觉得对不起她。他希望有什么办法可以表达他的歉意。一只棕色的小鸟落在花园的篱笆上。黑球跳起，吠叫，它飞走了。

*

婚礼在库奥特拉城举办，位于墨西哥城以南几小时车程的地方。婚礼前一夜，在大多数亲友居住的酒店，有一个晚宴招待最亲密的朋友和亲人，卡梅隆和利亚姆也收到了邀请。利亚姆知道自己的受邀只是出于礼貌。卡梅隆在浴室梳洗准备，利亚姆坐在铺着砖的私人露台上。他抽着烟，凝视着草坪上渐渐远离他的阳光，草坪上缀着小喷头。意外地，他看到一只兔子蜷缩在低矮的灌木影子里，浑身都冻僵了，只有鼻子还在搐动。不知从什么地方传来机械的嗡嗡声，催人入眠。一只手抓住他的肩膀，他猝然一动，铁椅子擦在砖头上发出尖厉的声音。

“天啊！”卡梅隆笑着说，“这些天你他妈到底怎么了？”

“你他妈怎么了？”利亚姆说，站起身。

“嘿，利，我能怎么啦。”卡梅隆回嘴。然后又担心地问：“你还好吧？”

“这他妈什么语气，卡，消停一下吧。是，我很好。我很好。”

卡梅隆上前一步，胸膛撞着胸膛。“滚蛋，利。”他吓道。

利亚姆的呼吸浅而急。十几岁以后他们就没再打过架，但现在他真想动手。他放缓呼吸挤出一丝笑。这气息像从自行车打气筒里打出来的。“你刚刚吓了我一跳，对不起。”他掸去卡梅隆衬衫上的灰，“哎哟，你看看。”他说，想把卡梅隆逗笑，但卡梅隆转身回了屋。

晚宴上努莉雅的父亲发表了演讲，听上去很得体，尽管利亚姆一句也听不懂。紧接着米格尔的父亲也发了言，明显很紧张。每讲几句他就会轻笑，但是利亚姆没看到有人觉得他风趣幽默。晚宴从始至终，墙上都在播放投影照片：米格尔和努莉雅的孩童时代，少年时代，共同的成年时代。照片上的他们在雪山，在沙滩酒吧，在摆满美食的桌旁，在灰色的欧洲街道，在绿色的森林。尽管在一起不过短短几年，感觉他俩已经展开了共同的多姿多彩的生活。利亚姆认出了几张在努莉雅脸书上见过的照片。吞下一口酒，他看着几张桌子开外的米格尔，正侧着身子听他母亲说话。怎样才能和他说上话呢？他真希望自己没来这里。

餐后利亚姆、卡梅隆和一群人，一起前往库奥特拉参加节日庆典。市中心主街的两旁挤满了人。花车在街心慢慢行进，孩子们挥舞着烟花，在这个温和的冬夜——这夜不像在墨西哥城的那夜那么冷。卡梅隆买了瓶龙舌兰，酒瓶在他和利亚姆两个人手中来回传递。晚宴结束前他俩就已经醉了。按现在这个节奏，他俩会一直喝到倒下。如果爸妈知道他们这样喝酒，利亚姆想，他们大概会重新考虑一下把他托付给卡梅隆的决定。他又抓起瓶子一仰脖子。黑夜在闪烁，旋转。他扬起头，看着天空。花车上方，电缆有单股的，有并作一束的，在楼宇间串联。沿着墙壁上下游走，好似丛林里的藤蔓。

游行开动，他们在人群中穿行，花车上满是饮者和舞者，还有挂着鲜花的圣女像。墨西哥街头乐队的乐手们身着盛装，夹克和裤子上的花纹映出白色的烟花和黄色的路灯。利亚姆和卡梅隆走散了，独自一人在安静的街道上游荡，踉踉跄跄，漫无目的。他决定在每一个路口都拐弯。过了一段时间，他也不知道是多久，他发现自己走进了一条死胡同，里面搭建着舞台音响。音乐，嘹亮的小号伴着激烈的节奏，震耳欲聋；声浪吞没了他。一个在他身边跳舞的男人冲他微笑呼叫，但是利亚姆听不清他在说什么。这笑容中流露的是嘲弄，抑或欲望？他想起了在苏荷区遇到的威尔。这个男人再次冲他呼叫，利亚姆没搭理，转身离去。利亚姆晃悠到胡同的墙边，盯着墙上破破烂烂的海报，有俱乐部的，还有摔跤比赛的。其中一张写着“红灯”，白纸上印了棵红色的棕榈树。“全裸”。他点了支烟，慢慢撕去啤酒瓶上潮湿的标签：绿色配金色，还印了个印第安人人像。后来，不知在什么地方，他倚在墙上，看着地上的鹅卵石斜着移动，从左到右，但其实它们哪里也去不了。他的手上拿了个白色塑料袋，里面装了半打啤酒和一瓶梅斯卡尔酒。

他乘出租车回酒店。到处灯火通明，寂静而空旷。灌木丛像整块的翡翠，树干被聚光灯照得发白，平静的游泳池泛着乳白色的光。走在游泳池边，利亚姆想起那南方的圣母塑像，站在海床上，沉在寒夜的海水中。他要写封信，他想，向米格尔和盘托出。那将解释所有，改变一切。

卡梅隆还没从庆祝活动回来。利亚姆打开露台门，拧亮床头灯，坐在床上，拿了一沓酒店信纸，下面垫了本书。他在身边的枕头上放了个烟灰缸。两种酒轮着喝，嘬一口梅斯卡尔酒再啜一口啤酒。“时间是一切的敌人。”他写道。在哪里看过这句话吗？他不知道。他看了看，把它划掉，重新拿了张纸。然后又写了一遍。信头写上“M”，还有日期。他不知道应该从何写起。他和米格尔从未就彼此的感受好好谈谈。事实上他们之间几乎就没有过交谈。他决定要写出自己想说的话——或者说是他以为自己想说的话——如果一切正常：如果米格尔不是和努莉雅在一起，又或者，他不知道，再或者米格尔是个女人。那会有什么不同吗？他不这么认为。话匣子打开，就收不住了。他奋笔疾书，一页又一页，这些文字集结成嶙峋的山峰，延展成绵长的线条，一直跨越纸张的边界，落在了垫着的书的封面上。他如此用劲，笔力直透纸背。不知什么时候，天空中粉红色的光破门而入，鸟叫了，他伸手去拿梅斯卡尔酒，居然已经空了。啤酒也没了。再没什么比这更糟的了。他举起酒瓶，砸向墙壁。一声巨响，他看着玻璃碎片，等着，居然没有人来吼他，也没有人来过问。寂静在耳中鸣响。他翻了一遍手中的信：十页。他伸了伸腰，疲惫席卷全身。

当他醒来时，卡梅隆站在他上方。“小利，”他悲伤地说，“你看上去真他妈像坨屎。”他摇摇头，用手指着乱糟糟的房间，“你他妈都干了些什么？”

利亚姆把头从枕上抬起几厘米。看到墙上的污渍，那是他砸酒瓶留下的，下面一地的碎玻璃。

“我去吃早饭了，”卡梅隆说，“你随意吧。”说完甩上门离开：利亚姆感觉一根长钉穿过了脑袋。

洗完澡，浴室里蒸汽弥漫，镜子变得模糊。他没有擦它，他不想看到自己的脸。想到接下来的这一天，他的胃就缩成了一团。他穿上黑色西裤，白色瓜亚贝拉衬衫，这是种绣着花的婚礼衬衫，每位海外男性客人都有一件。给利亚姆的这件像是为一个又矮又胖的人准备的。离开房间时，他想起了那封信，他在枕下找到了它。他读了几句，就停下了。他怕一旦读完，就会把信给扔了，而此后可能发生的一切，他将永远都无法得知。前往早餐餐厅的路上经过前台，他要了个信封，把信塞进去。用颤抖的手在信封上写下“米格尔”。信放在裤袋中，感觉很重。

卡梅隆坐在游泳池边的餐桌旁，身边有两个年轻女人，利亚姆认出来了，她们是来自墨西哥城的努莉雅的表姐妹。他冲利亚姆挥手致意，和女人们取笑了一番利亚姆的惨样儿。利亚姆想问卡梅隆一整夜都去哪里了，但现在看来，和他也说不上句话。吃不下早饭，利亚姆耸着肩缩在这不合身的衬衫里，一杯接着一杯地喝黑咖啡。他知道这想法很荒谬，但他还是觉得那对表姐妹也许已经知道了，一眼就看出来了，他搞过米格尔。

几个小时以后，在凉快得感谢上帝的教堂里，他还是耸着肩膀，缩在坚硬的、裹着厚漆的长凳里，他又想起了童年的周日上午。他没怎么理会婚礼仪式，倒是听到了来自记忆中的喃喃自语。他觉得自己快睡着了，他咬了咬自己，好保持清醒。他渴极了，食指上有一道口子——他也不知道这是哪来的——痛苦地悸动着。从某个角度，他看到前排的一个客人——他在尼斯见过的一个德国人——把手伸到女友紧身真丝礼服的背后，温柔地揉捏半个葡萄柚般的臀部，然后是另外半个。

约有四百位客人，教堂外的出租车和小巴沿着街道排起了长龙。婚礼接待安排在城外的一处庄园。酒会在湖心的小岛上，两个吉他手和一个小号手在熙熙攘攘的客人间穿行，演奏着柔和的音乐。

利亚姆喝下的玛格丽塔酒越多，感觉就越好。他站在吧台前喝了一杯又一杯。烟抽了一支又一支。每隔几分钟，他就把手指插到裤子的后袋中，感觉一下那封信的存在。

晚宴设在一个巨大的、开放式的婚礼帐篷里。帐篷的一侧是湖，湖的另一边，一个树木茂密的陡坡通往别墅。

帐篷的对面，长长的草坪缓缓地通往远处的树林。“找到餐桌后，记得给服务生小费，”努莉雅的哥哥嘱咐道，“这样你的酒杯永远也不会空着。”利亚姆拿出身上所有的钱，还没等上菜他就已经喝了好几杯葡萄酒。他和两对墨西哥夫妇还有一对比利时夫妇坐一桌，在阿卡普尔科时他们曾打过招呼。比利时女人问他从事什么职业，他答：“无业。”墨西哥男人问他如何认识努莉雅和米格尔的，他答：“不认识。”此后他就被无视了。他张望着找卡梅隆，但没找到。帐篷中心位置设了一张二人小桌，周围空出一大块，米格尔和努莉雅坐在那里。利亚姆看着他们吃饭，时不时地一人细语，一人浅笑。米格尔背对着利亚姆，但利亚姆始终盯着他，希望他会回头。

离米格尔和努莉雅最近的餐桌坐着他们的父母。父亲和父亲说话，母亲与母亲交谈。利亚姆猜男人们在聊政治，女人们在说米格尔和努莉雅。妈妈总是更了解孩子，他想这也许是真的。但她们也不是什么都知道。他试图想象米格尔的父母和自己的父母同桌共餐。但即便是在幻想中，这样的画面也无法成立。他能看到的只是自己的父母，坐在某个未知的空间里。他究竟如何向他们解释这一切呢？

头盘被撤下时，利亚姆举杯祝酒。“致米格尔和努莉雅。”他说。同桌的人也都举杯，跟着他大声祝酒。听到他们的声音，米格尔和努莉雅看过来，也微笑着向他们举杯。父母们也举杯致意，他们好奇地对利亚姆投以微笑。

几分钟后，上主菜，利亚姆再次祝酒，与先前一般无二。这次同桌的人没像刚才那样热情跟随，新婚夫妇或许是没听到，或许是不想搭理。几分钟后，当利亚姆再次大声呼喊他们的名字时，他听到周围人的笑声。他默默地坐了一会儿，静静地说："米格尔和努莉雅。"他站起身，用餐具敲击盘子，发表了一通阔论，说新婚夫妇是太阳，所有的宾客都是围绕着他们的行星，但他迷路了。"他们真美。"这像是他的结束语，他跌坐回椅中。此后的晚宴上他再没说一个字。服务生上甜点时，给利亚姆带来一瓶龙舌兰。

晚宴结束，帐篷的尽头设有舞台，乐队开始演奏。桌椅被清空，搭起了舞池。利亚姆发现自己和卡梅隆还有几个海外客人一起站在舞台上。乐队领队正在教他们一种很复杂的舞蹈，他们没一个人能跟得上。五杯龙舌兰被用托盘送了上来，他们得一边向后弯腰一边喝酒。后来，利亚姆也不知过了多久，他和卡梅隆坐在舞池边缘，靠在一起，这样他们才能在乐声中听见彼此。半瓶龙舌兰放在他们中间。"你他妈怎么了？"卡梅隆问。利亚姆觉得他似乎重复了一遍这个问题，但不记得他们之前都聊了什么。他想找到米格尔。

卡梅隆摇着他的肩喊道："你在听我说吗？"

利亚姆站起身，摇摇头。说道："我有点事要做。"

好像走在一条行驶中的船上，脚下的地摇摇晃晃。他沿着湖边踉踉跄跄。登上通往别墅的蜿蜒小径。夜晚的空气像是一种物质，以噪点的状态聚集着。走在枝繁叶茂的大树下，黑暗从树叶滴落，汇流在他脚边。他停下脚步，呆立。自己这是要去哪里呢？他离开小径，靠着树干坐下。他要把信交给米格尔，然后留在这里等他。无论需要多久。他知道米格尔对他有感觉。这会很困难，也会很痛苦，但这值得。于他而言这就是一切。他的脑海中浮现出他们未来的生活，就像一张张的照片。他站起身，掸去裤子上的尘土。他向着黑色的树冠伸出双臂，他感到浓稠的能量在体内流淌。

他向着帐篷大步走去，但到了近前却又无法迈步进去。他只是围着帐篷转。帐篷的一边比较安静，他靠在一根柱子上，望向帐篷里面，看着烛光摇曳的桌子，看着围坐畅谈的人们，看着一群舞动的身体。他看到米格尔离开帐篷走入黑暗。他紧随其后。米格尔停下来，利亚姆看着他点燃了一支烟。“他想要我跟着他。”利亚姆这样认为，但当他叫出他的名字，米格尔转身，却是一脸的惊讶。米格尔刚开口，利亚姆就打断了他。“我要留在墨西哥。”他一边说，一边伸手去拿口袋中的信。

“你这么爱墨西哥？”米格尔说。

“我爱你。”

米格尔笑了。利亚姆推了他一把。米格尔也推回他一把。“你来这儿究竟想干吗？”米格尔问。

“我来见你，”利亚姆说，“我来，”他犹豫了一下，“我来，这样我们才能在一起。”

“这是我他妈的婚礼，”米格尔说，他的手指戳着利亚姆的胸膛，“我们之间什么都没有。没有。”

米格尔的手指陷在利亚姆的胸膛里。利亚姆轻轻抓住米格尔的手腕。米格尔扯开他的手，他俩摔倒在地，在草地上扭打起来。利亚姆把米格尔的脸摁在了地上。米格尔用膝盖顶住了利亚姆的背。利亚姆用胳膊格住了米格尔的咽喉，往下压，然后整个世界翻了个个儿，他被钉在了地上，望着上方，米格尔脑袋周围一圈星星。米格尔用手指戳利亚姆的眼睛，火辣辣的剧痛。他尖叫，占着上风的米格尔也僵住了。利亚姆的眼睛睁不开了。“对不起。”他听到米格尔气喘吁吁地说。利亚姆挣脱开米格尔，翻身跪在地上，眼睛疼得直颤。他听到米格尔喘着粗气，离开了。

几分钟后，利亚姆回到帐篷，热烘烘湿漉漉一身大汗。衬衫被扯破了，染着草渍。努莉雅在舞台上，在乐队的伴奏下唱着歌。帐篷外围有张桌子，空着的椅子面面相觑，利亚姆走到桌边坐下，聆听她歌唱。她的声音深沉而有力。两个身穿绿色粗呢的墨西哥乐手，用吉他和小号在为她伴奏。她已然全情投入到歌曲中的情境，激动得前俯后仰。她双膝着地，手从空中劈下。她指向人群申诉，然后厌恶地把头扭开，再转回头时，眼中却又饱含哀求，她唱得如泣如诉。

利亚姆看着桌上的脏杯子和用过的餐巾纸。他抓过一瓶龙舌兰，把残酒倒入脏杯子，演唱结束他大声鼓掌。帐篷摇晃起来，像是被风吹的。他看着努莉雅，她微笑，抹去眼角的泪，向观众微微一躬，几分玩笑，几分认真。他心中生出了对自己的厌恶。他从口袋中拿出那封信，掏出打火机，点着了一角。火苗在纸上蔓延。利亚姆翻动手腕，纸消失了，只剩下他手中执着的那个角落。一松手，它坠落在地毯上，利亚姆又让它烧了一会儿，然后踩灭了它。

利亚姆看到米格尔站在人群中间，谈笑风生。看上去完美无瑕。利亚姆跌跌撞撞地走向他，伸出手，抓住他的手肘。米格尔转过身。他皱起了眉，但出于礼貌点了点头。“刚才发生的事我很抱歉，”利亚姆一边说，一边指着外面，“我非常抱歉。”

米格尔稍一踌躇。“没有什么需要道歉的。”他说。米格尔身边的人们好奇地看着利亚姆。米格尔冲他们微微一笑，脑袋向利亚姆一歪，耸耸肩。利亚姆已经立不稳了，左摇右摆的，人们一阵哄笑。

他还想试着说些别的什么。“对不起。”他说。语无伦次。他绝望地离开。踉踉跄跄往外走去，虽然其实他是在努力地走直线。帐篷里的光溢在草地上，他离开这光的海洋，步入黑暗。等眼睛适应了黑暗，各种形状从黑夜中分离出来：树木，长椅，一簇簇的空酒杯，栖身草丛的酒瓶。身后，音乐嘈杂，人声鼎沸。身前，空荡荡一片。他登上长长的草坪斜坡，远离帐篷。坡度并不大，但他走得很快，一会儿小腿就开始酸胀。他回过身，很惊讶帐篷已经离开他那么远了，他似乎可以捧起它，抑或压平它。些许声音从帐篷侧面泄漏出来，话语声、踢踏声、鼓乐声交织在一起，又被尖锐的叫声划破，有时，还有打碎玻璃的声音。他看见有些情侣坐在帐篷外的草地上，服务生从厨房帐篷进进出出。

他一屁股坐在草地上，天旋地转。明天他将回伦敦，回到他无法写成的书，回到电视，回到寂静。他躺平，看着满天繁星。也可以这样来理解它们：那封信燃烧的碎片，随着打火机的热焰升腾，点缀了夜空。月亮是颗被斩落的头颅。他知道他应该回到婚礼中去，但他不想动。他闭上眼，睡了。他想他听到了卡梅隆和一个女人在呼喊他的名字，但他没理会。手机响了，他把它从口袋里掏出来，扔了出去。后来，也不知过了多久，他看到一个白色的身影慢慢走上斜坡。他希望那是米格尔，但他知道那不是。他希望那不是努莉雅，但他知道那正是。当她走近时，他听到衣裙擦着草地的声音。

她站在他身前。“你在这儿，”她的声音听起来很疲惫，“晚会明星。”

“对不起，”利亚姆说，“我并不是故意给你们制造麻烦。”

“啊哈，”努莉雅说，“那你认为你在做什么？”

利亚姆想看看努莉雅脸上的表情，光从帐篷远远地射过来，而她背着光。太黑了，看不清。

“今晚你让我很难过，利亚姆。”

他想站起身，但没有气力。“我不该来的。”他说。

“我爱你的弟弟，利亚姆。对我而言，他很特别。你能来这里，对他而言，这很重要。但我想如果你没来，也许会更好。”

意识渐渐在利亚姆的体内复苏，像一面旗帜迎风展开：“你和卡梅隆。”

“客人就该有个客人的样子。比如卡梅隆，他就知道如何自处。”

利亚姆希望这一切赶快结束。他担心接下来她还会再说些什么。可她依然站在他面前，衣裙发光，面色暗沉。

“你觉得你这是在报答你弟弟的善意吗？”她的声音低沉、平静。

利亚姆什么也没说。有人在呼喊努莉雅的名字，声音传上山坡。

“我观察过你了，利亚姆，”她还在继续，不依不饶，“你只想着你自己。”她转过身，“你就待在这儿？”声音从她的肩膀上飘下来。这听起来不像是问题，更像是命令。

利亚姆看着她走下斜坡，向找寻她的人挥手。他没动。又过了一段时间。乐声和人声的交织，变成了车声和人声的组合，然后归于沉寂。他在考虑要不要走回库奥特拉，琢磨着那该走多远。他不认识路。他知道他再也不会见到米格尔了。他该走了。现在。今晚。但他不能动。他想服从努莉雅。即便微不足道，也算是一种道歉吧。他平躺在草地上，想象自己正悬浮在夜空中。树木指向一个海湾，在那里月亮像球一样滚动，星星像轮一样转动，旋转着甩出光。天空是一面破碎了的玻璃。他时睡时醒，兔子们围着他，弓起身子紧紧抓着草地，它们的皮毛闪着银色的光。他的眼睛还在痛。他听到木琴的声音——看到手机在远处发出的微光——又睡着了。再次醒来时，空气中满是小鸟的鸣唱，他颤抖着躺在一片露珠中。他看到一根根红色的手指划过天际。黎明摧毁了繁星。

横　渡

从霍克历治一路下行，安娜和吉姆来到巴尔勒河边，这里在他们的地图上被标记为浅滩。这条小路一直通到水边，在河对岸继续向下游延伸。这段河面的宽度不超过三十英尺，茶色的河水看起来并不深，但要直接横渡，并攀上对岸并不可行：河边有栅栏，栅栏后还长着郁郁葱葱的桤木和莎草。想要继续走这条小路，他们得顺流涉水。水流很急，拍打着河床上的乱石。吉姆指出，他们身上背着接下来四天徒步旅行需要的所有行装，他们可不想冒险弄湿它们，难道不是吗？现在是九月底，初秋的寒意开始弥漫。

安娜已经走了一天，现在感觉暖和多了。但她还记得早晨他们离开达尔弗顿时是多么寒冷。他们在黎明前醒来，在温暖的床中央紧紧地抱着对方。他们昨晚调试的取暖器被证明完全无效：除了他们的身体，一切都是冰冷的。他俩相识才不过几周，安娜溜下床，在暗蓝色的灯光下裸着身子跑去浴室，紧张得咯咯地笑。她的脚抬得特别高，踩在冰冷的地面冻得嗷嗷直叫。

“我们可以绕过去，”她看着地图说，“但这样就得走回那个农舍。”

“就是养狗的那家？”

她点点头。

“那得往回走好几里。”吉姆说，他开始脱靴子，“我先不带背包走走看。试试有多滑。”他踩进水中，伸出双臂保持平衡。他咬紧牙关吸着凉气。“冰冷。”他说。

安娜看着河水漫过他的脚踝，然后是小腿，接着是膝盖。从卷起的裤腿直到大腿，裤子的颜色变深了，他滑了一下，但很快就稳住了。

“我没事，我没事。”他急忙说道。

他听起来有些恼火，安娜觉得。她见他停了下来。

“前面看上去更深。”他转回头说，然后开始往后退。他双臂划动，两手乱抓，他滑倒了。他一手撑在水中的一块石头上，定住了，半边身体浸在水里。

“哦！”安娜叫出了声。

他仍然僵在原地，他回望她，被惊得双目圆睁。他的姿势让安娜联想到霹雳舞的一个动作，她笑了出来。

“什么这么好笑？”他说。

她大笑，她想他不是认真的：“你那受伤的骄傲。”

回到岸边，吉姆脱下抓绒衣和T恤，拧干它们。他跳着取暖，安娜在一旁欣赏他胸部隆起的曲线。“我觉得还是能行的，”他说，“只要我们小心些。”

她看着河水有些踌躇："你说前面水还更深，那起码就要齐到我的腰了。"

卷了支烟，吉姆耸耸肩表示同意。他的眼神越过她，望向山坡。"也许援军已经到来。"他说。

安娜回头，看到一个男人和一个女人穿着情侣服：红色抓绒衣和黑色帆布裤，健步如飞。拄着登山杖，一步一戳。

他们是约翰和克里斯汀。安娜猜他们五十岁上下，他们面色红润，像是那种每个周末都做运动的人。吉姆给他们看了地图和标注的浅滩。

"地图呀。"约翰不屑地乐了。

"我们不太确定，"安娜说，"我们不想把行装弄湿。"她觉得对于像约翰和克里斯汀这样的人来说，这个理由一定根本就站不住脚，更恼火的是，这其实是吉姆的顾虑，却必须由她来说。

"你觉得呢？"克里斯汀问约翰。

"我可不打算再回到那座山上，"他笑着说，"没门儿。"

"好吧，"克里斯汀看着安娜和吉姆说，"要不我们一起走？"

"好啊！"安娜热情地回应，来掩饰她的失望，这样他们就不能单独过河了：这成就感可就小多了。她揽住吉姆的胳膊："你可以吗？你的背包可比我重多了。"

"我当然没问题。"吉姆一边说，一边抽出胳膊，调整背包的肩带，眼睛看着地。他上上下下地颠着肩上的背包，把它竖得挺直。

他们把鞋袜装进包，卷起裤腿。岸边的河泥把安娜的脚冻得生疼。克里斯汀和约翰下河，快速地蹚着水。吉姆小心翼翼地迈入水中。等他差不多走到河中央，安娜才跟着下了水，初入凛冽的河水，安娜冻得僵住了。

水流还不至于强到把他们拖下去，但河床上一些石头很锋利，一些石头长着苔藓，很滑。安娜感觉自己的脚稍微滑了一下。感觉像是踩在水草上。吉姆在试探落脚的地方，安娜在后面等着。“这里有点难。”他嘀咕着。

“如果可以的话，尽量走快点，吉姆，”她说，“脚要是冻麻了就更难走了。”她抬头看看灰色的天空。一只鸟在叫，发出一串电子讯号般的哔哔声，声音在水面传开，它收到了来自对岸的回应。

前面，她见克里斯汀把一支登山杖递给了吉姆。约翰快到岸边了，在离自己大约十五英尺的下游。“你需要这个吗?”他举着根登山杖问。

“是的，谢谢!”安娜说。约翰把登山杖扔了过来。为了接住登山杖她必须探出身子，险些摔倒。她猛地收回身子，站稳了。吉姆笑了，约翰和克里斯汀鼓掌叫好。

“好身手。”吉姆说。

安娜对自己也很满意，向空中举了举登山杖。

现在渡河可就容易了。河边一片修剪过的牧场上，安娜和吉姆放下背包，坐在草地上，刚从寒冷彻骨的河水里出来，感觉草地都散着热气。

“你们要去哪里？”吉姆问。

“尼泊尔。”约翰和克里斯汀异口同声。“那将在几个星期以后，”约翰说，“现在我们要去温斯福德。”

“我们得先练练腿。”克里斯汀说。

“尼泊尔，太棒了！”安娜说。脑海中闪现出他们落水，穿着情侣装摔下万丈深渊的情景。

他们两对方向相反，就此分手。“记得带登山杖，”吉姆在他们身后喊，“那可是救命的家伙。”

这一天的路不是上坡就是下坡。现在沿着潺潺的小河，在平坦的牧场上漫步，真是愉快。云层似乎在变薄，经历了冷水的洗礼，现在安娜觉得很温暖。雄野鸡紧着嗓子打鸣的声音，从牧场边越桔和石楠组成的灌木丛中传出来。时不时地，能看到胖乎乎、油光光的小鸟从一个枝头扑闪到另一个枝头。

“再过一周狩猎季就要开始了。”吉姆说。

“我不知道你还玩射击。”安娜说。

“玩得不多。”吉姆说。

“你打什么？不会是动物吧？”

吉姆顿了顿，看看她。“不。”他说。

“你想打动物吗？”

他移开目光说：“不。”

他在撒谎。她知道他在撒谎。他们相识不过才几周的时间，但这已经好几次了，安娜觉得吉姆只说她想听的。在她同意这次周末游之前，这种品性就已经很让安娜恼火了。现在她更是后悔参加这次出游。第一次见到他，她就对他产生了性趣，当时她正倚在厨房的橱柜边，那是在一次派对上，在乔克农场一所破旧的大房子里。后来她睡了他，她现在想来，事后就该和他了断的。

天色继续放晴。丝丝缕缕的云掠过月白色的太阳。徒步是吉姆的主意，安娜也喜欢探索自然，但是现在她才知道，他所热衷的只是达到目标——一天十二英里，搞定——而她更感兴趣的是观察那些她在其他地方无法看到的东西。这天早些时候，安娜发现吉姆不知道大多数树木和花草的名称，于是试图一路走一路教他——榛子、桤木、香脂冷杉——但她很快就发现他根本就不感兴趣。但她还是执拗地，指着栅栏门旁一丛长得像三叶草的植物说："酢浆草。"

吉姆几乎就没往她指的地方看。他为她推开栅栏门。这天早些时候，也是在这样的门旁，他们搞出了点小状况，吻过了火。登上霍克历治之前，在一条宁静的林荫道上，经过一扇门时，他们接了个吻，吻着吻着就较了真——她想，反正来也来了，他是招人烦，但也真是性感。安娜背靠一棵树，把吉姆拽了过来。她正把手伸进他的裤子里摩挲着，耳边传来叮叮当当露营装备碰撞的声音，他俩还在整理衣服，一对银发登山者已经晃荡着背包，大步流星地走了过来。他俩轻松自然地向对方问好，等陌路人走过，两人相视大笑。现在，安娜虽然还在为吉姆的谎话生气，但经过狭窄的栅栏门时她还是仰起了脸，不过这次面对吉姆来犯的舌头，安娜咬紧了牙关。她就是想逗逗他。“等到了维兹普尔。”她拍拍他的胸。

“啊，维兹普尔，”吉姆假装敬畏，“萨默塞特郡的巴黎。”

他们继续溯水而上。湍急的水流在他们身旁闪着黑光。吉姆边走边盯着什么，安娜也顺着眼神看过去，那是靠着橡树搭建的一架金属短梯和一个小棚子。

“打猎用的？”她问。

“我猜是。”他答。

安娜摇摇头。移开视线，望向水面，一列高低不平的踏脚石横穿河面。它们露出水面，好像一头巨兽的脊梁骨。“看！”她说，伸手在吉姆冲锋裤口袋里掏地图。她在地上展开地图，手指划出路径。维兹普尔在陡峭山脊的另一边。“如果我们穿过去，”她说，“就不用上山了。”

吉姆蹲在河边，背对安娜。

“吉姆，你怎么看？这样能少走一英里。我们不用半个小时就能到维兹普尔了。”

他还是没回答。安娜站起身走向他。这里的河水更深，水流也急。傲立水中的巨大的怪石，呈斑驳的灰色，角落上覆盖着深绿色的苔藓。潜在水下的石头呈黑色，光滑得像虎鲸皮。

一道阳光刺破云层直射水面，激起波光一片，流光溢彩，把石头边的泡沫都镀成了金色，一时之间，水面光芒四射，令人无法直视。水声落入安娜的耳中，似众人的咆哮。吉姆站起来。

“怎么说？”安娜耸了耸肩，“男子汉还是胆小鬼？”

吉姆冲她一笑，避开她的目光。“算了，”他说，“我们还是按原计划行事。”

“真的？”安娜的声音故作轻松，但其实已满心失望。“可能挺好玩的呢？”她说。

“是。”吉姆不为所动，“我觉得我们今天已经玩得挺开心的了。我知道，这看起来很容易，但这儿的水更深。脚下一滑，装备就都泡汤了。明天穿一身湿衣服岂不是笑话，”他拾起地图，一边折一边走，然后又转身往回走了几步，“走吧，”他说，“等我们到了，请你喝健力士黑啤。”

安娜挤出一丝笑，向他竖起大拇指。她一块踏脚石一块踏脚石地看过去，直到河对岸拍出的一簇白色浪花。十七块石头。她把手上攥着的一把草扔进了河流，看着叶片被迅速地卷走。

吉姆已经走出好远了，正在爬坡，在他上方的一群羊被他惊跑了。继续爬，你个混蛋，安娜暗骂。她跟在后面。其实她想自己走，就是不知道如果她一个人过了河，吉姆会做何反应。她没法应付他的愤怒，或者更糟，他的闷气。

爬到顶峰，她回头，太阳再次穿云破雾。奔腾的河水在日光下变成白色。她看到自己已经走到了河中间，从一块石头跳到另一块石头，向着充满光明的开阔地进发。

小径通往密林。安娜登上石阶，一级能有一英尺多高。溪流从陡峭的山壁一跃而下，有些细若游丝，有些喷涌而出，汇入山谷中的河流。安娜已经看不见吉姆了，但她能闻到他刺鼻的烟草味。她扇了扇风，揉了揉眼。她累了，生自己的气，怎么就把自己弄到了现在的境地。明知不会有结果，为什么还总是这样拖泥带水？真想就此止步，躺在路旁，她抑制着这样的冲动。经过另一群羊，它们身上打着蓝色的印记，大多正在慢慢远离围栏：吉姆还活着。只有一只羊站着没动，这个黑脸的家伙接住正从自己身边走过的安娜的目光，嘴里嚼着草。“下午好，羊先生。”她招呼道，用妈妈教她问候喜鹊的方式向它致意。羊眨了眨眼，甩了甩尾，扫落身后的粪便。

安娜看到吉姆又开始爬坡，百无聊赖，提了根树枝敲着灌木丛。上坡变成下坡，不久山路到了头，他们踏上了维兹普尔路的柏油路面。耸起的道路两边长满了蕨类植物，橡树和山毛榉的枝条连成一条隧道。很快他们就经过了石屋和谷仓，这里唯一人类活动的迹象，就是烟囱里升起的袅袅青烟。

他们在柳树旅馆订了间房，它那奶黄的墙壁和蓝色的窗户，让安娜想起巫婆的姜饼小屋。马路上方的石板露台上摆着桌椅，安娜终于可以在这里放松一下了。坐在外面喝东西的只有一男一女，脚边趴了一对亮棕色的斑点狗。狗低着身子，眼睛却没闲着，看看吉姆，看看安娜，又看看主人们。主人们向他两人点头致意，然后继续轻声交谈。

“要喝点什么吗？”吉姆问。

“哦天哪，要的，”安娜笑着说，“健力士啤酒，一品脱，拜托了。”吉姆走进酒吧。安娜脱下靴子伸展双腿。这一天他们走了十多英里的山路，现在她这一坐下来，感觉自己可能永远也站不起来了。她的腿上沾满了潮湿的沙土。两只狗看着她，体侧一张一缩，节奏一致。抬起头，安娜发现那个男人正直勾勾地盯着她看。那个女人背对着安娜，正在包里翻找什么东西。男人拿起品脱杯啜了口酒，眼睛一直没离开安娜。她知道那种眼神意味着什么。他瘦瘦高高，穿着棕色的巴伯夹克衫和沾着泥点的牛仔裤，看起来挺壮实。尖削的下巴上布满了胡子茬，大概有几天没刮了，眼睛深幽，一眨不眨。女人从包里取出只打火机，男人转向她，把桌上的香烟推过去。

吉姆拿着两品脱黑啤回来了。这酒又冷又厚，安娜深吸一口，啤酒沫在脸上留下了一抹小胡子，从鼻下一直到脸颊。吉姆笑了，也猛一抬杯，不仅鼻子沾了啤酒沫，这棕色的小溪从面颊一直流向耳根。这回安娜也笑了。狗的主人们默默地看着他们。去你们的，安娜想，就算一切都搞砸了，也可以自得其乐嘛。她再次举杯祝酒。两杯相撞，他们吞下这又冷又黑的啤酒。

*

从旅馆顶层低矮的阁楼窗户望出去，越过山毛榉、橡树、桦树林，安娜看到远处埃克斯穆尔地区紫色和棕色的高岗。她裹着浴巾，跪在一张长凳的旧软垫上。床头灯发出青铜色的光。浴室里传来水流的声音。

吉姆靠在浴室门外，挑着眉说："我觉得这个浴缸装得下我们俩。"

"听起来不错，"安娜说，"你先进去，我一会儿就来。"

她听到一声喘息，痛并快乐的，吉姆泡入热水。安娜抓起手机拍了张暮光照。灰色的天空和绿色的树——还看不出一丝秋意——她明知这种水乳交融的美，照片是捕捉不到的，不过起码她尝试了。她看看拍下的照片：没意思。还不如好好看风景呢，她想。

吉姆在叫她。他正躺在浴缸里。她示意他直起身子，自己摘下浴巾，放在浴缸一端的瓷砖平台上，然后坐在上面。她抓住吉姆的肩，让他往后靠，躺在她两膝之间。他的肩很宽，她得把腿分得很开才能容得下他。她感到微烫的水面紧箍着自己的小腿。她俯下身，舀起些水缓缓浇在吉姆的头顶。水顺着头流下，他的头发闪闪发光，像潮湿的石头。

日薄西山，浴室里只有从天窗撒下的光，昏沉沉的。

近乎黑暗中，安娜让吉姆的身体往前倾，给他洗背。他苍白的皮肤在黑暗中微微闪着光。他轻唤她的名字，他的脸靠近水面。他一只胳膊往前探，打开水龙头，往渐凉的浴缸中又注入了些热水。安娜双手沾上肥皂泡沫，从他的脖子一路滑到他的腰。又用大拇指外侧沿着脊椎推上去。她注意到他沿着肩胛骨，长了一串与皮肤齐平的痣。她把手放入水中，洗干净他背上的肥皂。他开始往后靠，但她又把他推向前。他把脸埋在了膝盖里。他说了些什么，但她没听清。她的手指从最左边开始，一路划过那些痣，从左往右，再从右往左。“给你做上记号了。”她说。她等着他的回复，但只听到沉沉的无意识的呼吸声，他睡着了。

*

“你不觉得我们本可以穿过来的吗？”晚餐时安娜在酒吧的餐室问道。

“穿过什么？”吉姆口中含着牛排问。

“踩着石头穿过河。”

“哦，当然。怎么了？”

“我不知道。你似乎有些……害怕？”

“害怕？”吉姆的刀叉把盘子碰得叮当作响。邻桌一对客人听到声音转过头来。“你认真的吗？我当然不是害怕。有些谨慎，也许，仅此而已。”

“是我不好。”

“听着，”吉姆在椅子上挺直身子说，“行装弄湿了可不是好玩的——”

安娜笑了。

“有什么好笑的？”他说。

她只是耸了耸肩，似乎在说这不是什么紧要的事。

晚餐后她提议去散散步，但吉姆说他累了，而且明天他们还要起早。“再说外面也太黑了，会吓坏我的，是不。”他补充道。这话说得，她还真不能不给他点个赞。她也想过自己一个人出去走走，但终究也是太累了。回到房间，他们脱下衣服，换上酒店的睡袍，躺在床上看电视。安娜感到烦躁。正在播放的节目让她厌倦，她仰面朝天，瞪着天花板上的横梁，听着吉姆正沉浸其中的影片。是关于一连串的银行抢劫案，一起比一起狡猾凶残。节目结束，吉姆说想睡了。安娜问他是否介意自己开着灯。“不。”他说。但他并没有翻身睡觉，倒是伸胳膊把她揽了过来。对于他的吻，她张开了嘴。最后一次，她想。为什么不呢？他的手伸进她的睡袍。他的拇指绕着她的乳头打转。她把他拉到自己身上。她闭上眼，脑海中的他丢下自己登上山脊，河流被抛在身后。他进来了，她喉头一紧低声呻吟。湍急的河水流过踏脚石，另一个世界远去了。他抽出身，急促的呼吸灼着她的面颊。她抓住他，挤压，精液涌过她的小腹。他从她身上下来，手往下伸，抚摸她，直到她推开他的手。“睡觉。”她说。他嘀咕了句什么，然后又把手伸向她，她又推开他。她抬手关灯。躺在黑暗中，她听到——微弱的——潺潺的水声。她触摸自己，将自己压向床垫。她穿过房间，打开门。楼梯吱吱作响。大堂很冷。她走出山村，越过涓涓的小溪，经过寂静的树林和沉睡的绵羊，来到山巅俯瞰河流。月光为地面铺上白霜，为河流镀上银光。一路下行，水声渐隆。月亮在河面画出白色的曲线，随着水的流动，这些白线散开又聚拢。

那些石头是银色液体中的一链黑色方块。水面升起大片大片的沼泽。他远远地站在对岸，穿着巴伯夹克衫和牛仔裤。她踩着石头过河，冰冷的水点打在她的小腿上。他向她走来，他们在河流中间相遇。他推倒她，进入她。她跨坐在他身上，上下起伏。她的手撑在寒冷潮湿的岩石上。高潮到来，她俯身投入湍急的水光，将脸埋入一片寒凉。

*

安娜醒来时，她对吉姆的恼恨已经发酵成为愤怒。他们几乎在沉默中吃完早餐，一路上也没说几句话。她决定一到目的地，就和吉姆说，她要回伦敦。她只想离开他。

这天又阴又冷：适合徒步。他们决定避开公路，这样他们就会绕过埃克斯福德村，而从一个更小的路口穿过埃克斯河。然而，大约还有半英里地，一条湍急狭窄的溪流横在了他们面前，溪流约十英尺宽，地图上都没有标注出来。两边的河岸都很陡峭：灰色的水，缀着白色的泡沫，从他们下方六英尺处呼啸而过。一根劈开的树干架在两岸中间，看它嵌在土中的样子，估计已经架在这里很久了。

安娜瞧出了吉姆的犹豫，看看下游又看看上游。“绕远路，”她说，“安全第一，对吧？”

吉姆转过身，想说点什么，但又转了回去。他走上了独木桥，差不多走到了桥中央——安娜一只脚刚踩上树干——他就失去了平衡，蹲下身子，有那么一瞬他似乎稳住了，但终还是向后一晃，落入水中。他被冲到了桥下，安娜眼睁睁看着他的头撞上尖锐的石头。他脸朝下淹在水里，被水流席卷着，转过弯就不见了。安娜永远也不会忘记：那可怕的速度。

罗德岛太阳神巨像

我们一家来到希腊的凯法利尼亚岛。我的两个女儿，一个四岁，一个两岁，都从未在海滩度过假。通常我们都是去瑞典看望我妻子的家人。但今年不同。今年我妻子要求："阳光。确保一整周的阳光。"所以我们就来到了这里，躺在沙滩椅上，跑进水中，冲出水中，一点一点晒黑。

这是我十岁以后第一次回到希腊，当年我家人带我去的是罗德岛。我记得我几乎把假期所有零钱都花在了一款叫做弩弓和弩炮的桌面游戏上。我一直都很喜欢玩游戏，尤其是那些有骑士、咒语、怪物什么的游戏。在这款游戏中，你得用你的弩弓和弩炮发射出的塑料炮弹摧毁对手的城堡。我知道那种巨大的弩也被称为投射机，因为当时我对中世纪的军事装备十分着迷。

那个包装盒引诱了我。上面印着战争的画面。一个大胡子希腊人转身大喊，那仿佛就是你，这个游戏的主人，正要冲入身后的战场。上方，一个巨大的蓝色圆盘即将击中一群畏畏缩缩的士兵。希腊的对手，蛮族，远远地隔了条红河，已经将圆盘从炮弩中射出。他们是典型的蛮族：

皮上衣，毛皮裙，角盔，身上的穿戴都是曾经的活物。他们身后的防御工事都已经化为废墟。希腊人也已经启动他们的弩炮，最前面的蛮族举起的胳膊指向飞来的红色圆盘。他以欢呼迎接死亡，口中唾沫横飞。正如我所说，典型的蛮族。

剩下的钱，如果我没记错的话，就在同一天，买了副朋克太阳眼镜，廉价的黑色塑料边框，带镜面效果的镜片，和我从堂兄那儿得来的一条白色鳄鱼牌止汗带一起，当下成为我最爱的装扮。我当时唯一想做的就是戴上我的太阳镜，回酒店玩我的新游戏。我才不在乎一个人玩呢：我的两个哥哥，一个大我五岁，一个大我七岁，喜欢足球和斯诺克，不喜欢刀剑和魔幻。

*

就在第二天，我妈、我两个哥哥还有我一起被困在了酒店狭小的电梯里。我们当时在三楼上方几英尺处，我们想撬开门，但只打开了几英寸。“救命！”我们大喊，但是没有回应。

“别担心，”妈妈说，“你们的爸爸会找到我们的。”弗兰克和多米尼克很兴奋，开玩笑说，如果没了空气，他们就从电梯顶爬出去：他们知道应该怎么做，他们说，他们在电影里见过。电梯里很热。我盯着母亲的一缕红发，卷曲着粘在额前。想到我们下方空无一物，没有任何支撑，而吊着我们的缆绳可能会磨损折断，我只能努力不让自己哭出来。如果我哭了，我的两个哥哥会叫我小宝宝。

妈妈翻出她的常用语手册，“Vo-e-thee-ah，”她说，“这是希腊语的‘帮助’。Vo-e-thee-ah。”

“Vo-e-thee-ah。”我们不确定地重复道。“对，很好。”她说。她提高声音说出这个词。她的音调提得很高，像在唱歌，她呼唤我们的猫时就是这种声音。“Vo-e-thee-ah，”她说，“Vo-e-thee-ah。”

我以为我们永远都要悬在那儿了，就在这时，传来了回应，微弱但清晰。母亲对我们一笑，松了一口气，拂开额前卷曲的发。她大声喊道：“Vo-e-thee-ah！”

我们也加入了她，整个电梯有如洪钟：“Vo-e-thee-ah！”

回应再次传来，这次就在电梯门的上方。“不对，”他们其中一个人好心纠正道，“不对。应该是 Vo-ee-thee-ah。”

*

我妻子想要的阳光，把她给吓着了。感觉我们每天都得花几个小时给我们的女儿涂抹防晒霜，直到她们的四肢滑溜得我们都抓不住。然后我们把自己也涂上。我们的小家伙，诺拉，觉得防晒霜看着、闻着、尝着都很美味，我得不断地把她的小胳膊从她的嘴里解放出来。“还要奶油。”她饥渴地盯着瓶子说。我真担心哪天她对这东西上瘾。

*

我没遵循“弩弓和弩炮”附带的游戏规则，我更喜欢自己制定规则，那时候我还真花了不少时间和精力。本来游戏中的希腊小兵和蛮族小兵都只是布景，但在我的版本中，他们变得重要很多。我采用了一些基本的战争规则，用六面骰子来决定每一轮的胜负，以及他们的伤亡。我在笔记本上记录战果，当小兵阵亡时他们不会被清出战局，而是倒在战场上。这很重要。记录伤亡是我最喜欢的部分：尸体的分布讲述着战斗的故事。最让我兴奋的就是一局结束后研究战场，就像捉迷藏时，捉人的一方大喊“我来了，不管你们藏没藏好”时的心情，一种期待嚣叫着，从丹田直到头皮，爬过全身。

我玩游戏时仿佛身临其境：战争的武器、倒下的城墙、堆积的尸体，都从塑料变成了木头、石头和血肉。我围着战场移动，把头靠在地上，凑近了看。我现在都还记得酒店房间地砖贴着脸颊的凉意。有时太久保持一个姿势，我的呼吸在地砖上凝成一团水汽，如同风中弥漫的硝烟和飘荡的呻吟。

*

当她们姐妹俩一起玩时，大多数的游戏都是我大女儿索尼娅主导的，独断专权的戏码反复上演。具体时长不定，反正有那么一会儿，两个小女孩玩得挺好，把一群玩偶照顾得无微不至，或者在想象中的街区驾驶塑料汽车，但我走开还不到一分钟，去发封邮件或者从另一个房间取件东西，再看诺拉已经一脸的泪水，周围空空如也，而索尼娅则在房间的另一个角落开开心心地玩着所有的玩具。要不然就是，不论她们玩什么游戏，最后总归变成监狱场景，诺拉总是那个囚犯，而索尼娅则在监狱外来回踱步，发出虐待狂般的笑声。

每当看到这种情景，我总是很庆幸我的哥哥们都比我大得多，基本上都让我一个人待着。

*

爸妈租了辆车探索小岛，我们从罗德镇开往林多斯一路南行。车里没有空调，行驶时我们开着所有的窗户，车里灌满了风，抢着翻我手上的《战争幻想手册》。妈妈叫我不要看书，而要留意我们所处的世界，于是我用最短的时间看了眼窗外，应付她。我看到绿色的山丘，被开着粉色和紫色花朵的灌木覆盖着。

“香桃木和麝香草。”妈妈顶着呼呼的风声叫道，指着窗外。我看到像鸽子的鸟在矮小的树木间飞过。左边是沉睡的多米尼克，窗外的海如此安静，像一片被涂成蓝色的陆地。真实的世界当然美好，不过与书相比也没有更胜一筹。

我们开到一个名为圣保罗的海湾，尽管天气炎热，海滩却空无一人。海湾被两条伸出的石臂圈着，几乎从大海中隔离出来。一边岩石低矮，像只伏在水面的鸭子头，另一边，延伸出去，形成一连串的悬崖，也许是条沉睡的巨龙变幻而来。岩石中的金属物质使得悬崖闪闪发光，仿佛镶满了小镜子。我们在一棵孤立的松树下建起了营地，那块沙地没那么多砾石。白色的蝴蝶，像碎纸片，在我们周围扑腾。

想起前一天的战斗，我看到希腊人和蛮族在海湾两边对阵，隔了水互掷石弹。希腊人快赢了，但蛮族呐喊着依旧顽强反击。他们中有一个人弯下腰，露出屁股，刮着脸皮嘲笑对手。

妈妈想去游泳，可没人愿意和她一起去，于是我说我也去。多米尼克、弗兰克和爸爸穿着短衫短裤，躺在浴巾上晒太阳。明晃晃的阳光直射在他们白晃晃的皮肤上，实在叫人看不下去。

我们挤进冷水中，站在一起。妈妈已经给我涂了防晒霜，我站着，看到膝盖周围的水泛出了油花。“圣保罗曾在这里遭遇过海难，”她叉着腰说，“所以这里被命名为圣保罗湾。你知道谁是圣保罗，是吧？”

“他们在弥撒上读过他的书信。”

“是的。”

我们继续往前蹚水，感觉水暖了些。海水清澈见底，带着一丝绿意，白沙在我们的脚底流动，海草如丝带般悬在水中。

“保罗年轻时迫害过耶稣的追随者，”妈妈说，“但当他行至大马士革时，耶稣向他显灵了。”

如果是在一本奇幻小说中看到这样的情节，我一定会很着迷，可凡事只要与教堂沾边，任何奇迹变成神迹，就会褪去奇妙的色彩。弥撒的那一个小时是一周中最漫长的一个小时。妈妈说话时，我走神了，看向海湾边一个白色的小教堂。一个老人正在用一把挂锁锁门。他走到海边，双手插在口袋里，一道长长的棕色的水流注入下方的岩石。

“……这就是为什么，”妈妈说，我们倾身入水开始蛙泳，碰触到彼此的指尖，“他开始游历……地中海……布道。”我们加快了速度，呼吸之间她挤出几个词。很快我就想掉头往回游了。我不习惯在海里游泳，虽然水很浅，我不喜欢——至今仍然不喜欢——想到我身体下方的物质随时会溜走。我丰富的想象力会迅速填补这个空缺。

“他真的来过这里?”我问道，尽可能地分散自己的注意力。我不再往前游了，只是踩水。

“是的，”妈妈在我前面一点停下说，“他航行时遇到风暴，船沉了，就在这片海湾。”

我看到长着长须的男人们从冒着泡的海水中相互搀扶着走来，他们湿透了的长袍像水獭皮一样光滑。雨从暗沉的天空倾泻而下。木头的碎片和扯碎的船帆在海水中翻腾。我感觉一条水蛇触到了我的脚，我忙把它蹬开，但那只是一股稍冷的水流而已。面向海岸，我看到一块金色的石头从海中升起，我很渴望坐在上面，只被空气触摸。我奋力游了过去，越来越慌乱，气息也变浅了。触到石头，我立刻爬了上去。我身上流下的水，把金色的石头变成了灰色。

*

安娜和我不开车，所以我们只能依赖出租车和公交车，这在凯法利尼亚岛可不是理想的出行方式。幸好，出于某种神秘莫测的缘由，我们的大女儿很喜欢等公交车。她觉得那显得成熟而练达。她不和我们站在一起，用一种她自以为很成熟的样子环顾四周：不满地撇着嘴，专横地仰着头。“我在等汽车。”她骄傲地告诉身边的陌生人。自从她出生，我就试图记录下所有类似事件——耍态度、说错话、各种胡扯——现在打开这份笔记，我很惊讶自己竟忘记了那么多。

*

记得一天早上我在曼兹拉基海港附近溜达。站在港口长堤上，爸爸指着蓝色地平线上一些棕色的斑点说：“土耳其。”

这个港口就是古代世界七大奇迹之一，罗德岛太阳神巨像，曾经站立的地方。旅游指南说它不可能像很多画作展示的那样，两腿分开跨越海港，那样它将无法负荷自身巨大的重量。但在我们见到的所有明信片上，它总是两脚分立，一脚踩住一道长堤。每个来到海港堤口的人都忍不住从一边的石墩望向另一边的石墩，想象着“这就是它曾经站立的地方”。我站在那里，看到它在我面前耸立，高达一百英尺，通体翠绿就像快乐的绿巨人，除了一条缠腰带什么也没穿。它面向大海，背着弓箭，一只抬起的手臂擎着燃烧的火炬。我想象自己乘着商船，航行在巨像的两腿之间。太阳被遮蔽起来，我们水手仰起头，驶入巨像投下的阴影之湖。海港喧哗鼎沸，海浪拍打着船体，飞鸟鸣啼，各种声音交织回荡。空气中弥漫着冷冷的盐雾。

想象中巨像的足部就在我身边的长堤上，它的指甲盖有海龟壳那么大。它在一次地震中倒塌，时光荏苒，盛衰兴废，它倒在海水中被锈蚀了几百年，当它的残片被变卖时，动用了上千头骆驼用于运输。

*

我还记得其他一些事情。那不是无关痛痒的小事，是件大事。我在一家咖啡店玩街机游戏。我的哥哥，我想应该已经回酒店了。我的爸妈，我想应该正在邻店买陶器。他们为我买了罐可乐，给了我一把硬币玩游戏。我也不确定当时到底是怎么回事，我会被一个人留在那里是有些奇怪的，但当时我肯定是一个人，或者起码和其他人离得很远，所以我觉得自己是一个人，我当时肯定在玩“爆破小行星”，我之所以记得是因为我从来就没喜欢过这款游戏，我总得努力调整，总得和惯性斗争，它总把我的飞船带往我不想去的地方。

我坐在吧台高脚凳上，可乐放在我身边的桌上。游戏机在窗边，窗外是一个停车场，后面是海港平静的水面。阳光灿烂，我几乎看不清屏幕。天气很热，我的腿粘在皮革凳面上，当我随着飞船同步挪移时，坐垫上的一条裂缝夹得我的皮肤隐隐生痛。

一个男人走来，站在我身边。立刻我就感到了其中的怪异，贴得这么近。他说了些什么，我没听懂，我转身抬头看看他。他一脸和善，矮矮胖胖，晒得挺黑。黑色的鬈发，垂到领口。他低头冲我微微一笑，我也笑了笑。我掌心感到刺痛。我又撞上了一颗小行星。我低头看到男人宽松的裤子，凉鞋，脚。他的脚趾上有白色的油漆斑点。他又说了些什么，然后把他的手放在了我的腿上，膝盖以上。我盯着屏幕，看到我的飞船转啊转啊。我看看四周，店主站在柜台后面看着报。一个女人坐在桌前，盯着她的盘子，咀嚼食物。收音机喋喋不休。男人抬起手，又落在我大腿的中部。他低语了几句，像是在鼓励，用他闲着的手指了指屏幕，而另一只手揉着我的腿。他露出一个友好的微笑。我也保持微笑，除此以外我不知道还能做什么。我回头看屏幕时，几个小行星正在靠近。我的手僵住了。我的飞船碎成三条线，发散开去，逐渐消失在黑暗中。男人的手沉沉地压着我的腿，微微移动，鼻息很重。温热的空气扫过我的面颊和脖子。我感到他手指的弯曲，一个手指靠在我的阴茎尖。屏幕闪现“游戏结束”。我一边旋转着操纵杆，他的手指一边开始前前后后地打着圈。

我双手一撑游戏机柜，把凳子往后一踢，跑向门口。门锁着，我无助地推着门，我听到咖啡店里有人向我跑来的声音。空气变得越发的黏稠、炙热。我猛地一拉，门开了：应该向内拉时我往外推了。我回头，男人仍然站在游戏机旁，女人依旧盯着自己的盘子，柜台后的店主从报纸中抬起头疲倦而好奇地看着门边的我。“再见！”我向他们大喊一声，跑了出去。

那天晚上餐后我的家人要去散步，但我不想去。我要求回房间。我说我累了。妈妈和我一起上楼回房，告诉我把门锁上，任何人来都不要开。“我一小时后就回来。”她说。她离开后，我从柜子里拿出游戏，打开盒子，取出小人。

*

诺拉晒伤了。是我的错。我们一起躺在太阳椅上睡着了，太阳是会转的，现在她的脚上有一道印记，像红色丝带，穿过脚后跟。事情发生后，她哭呀哭呀，整晚都没法睡。有那么一阵，毫无道理地，我暗暗埋怨我的妻子，是她非要一个阳光之旅。我们给她晒伤的地方敷上保湿露。“脚脚在喝水。”我的女儿一边说，一边仔细看着，我极尽轻柔地给她涂上清凉的白色液体。“好凉啊！”诺拉看着我说，她的眼睛瞪得大大的，一脸的惊喜，像在演戏。在沙滩上她得穿着袜子，只有在下海时才脱下来。等我们回伦敦时，晒伤的皮肤应该已经脱落，长出新皮，用不了多久，她——我们——都将不再记得她所承受的疼痛。

*

伊帕同街，号称骑士之街，穿过饼干色的石头建筑物，直通海港。下午已近黄昏，斜斜的影子把街道分成两半。在我的游戏中，阳光是致命的：走出影子就意味着死亡。街道上满是游客，正要离开老城，赶去海港看日落。

专注于游戏的我没有意识到，已经落在家人后面多远了。半路上，在一个门廊的阴影里，我看到一只蜷成一团的猫。我走近它，它抬起头，眼睛睁开一条缝，颤抖着喵了一声。它很瘦，黑白相间的皮毛满是污垢。蹲在它身边，我看到了它脖子上一道深深的伤口。它的眼周有厚厚的、淡黄色的黏液。它显然快死了。我试探着轻抚它的背。它满是污垢的毛黏黏的。非常缓慢，好像极其疲惫，它的头转向肩后，无力地寻找我的手。我站起四望。人们熙来攘往，没有人注意到我。我拖着腿，甩出去又收回来，反复几次。运动鞋的鞋底蹭在人行道光滑的石板上，轻轻作响。我再次甩腿，用力，当我的脚擦过猫头时，感觉到极其微弱的阻力，它再一次细声恳求。我能帮它，我想。我再次抬腿，双手撑着墙，闭上眼，全力踢出。咔嚓一声，听上去像可乐罐被踩平的声音。我睁开眼看看，然后转过身对着街道。人潮依旧，没有人察觉到。

*

回家前一天，我们又去圣保罗湾。阴天，潮水退去，在灰色的光线下，那块金色的石头看上去像是被弃在一潭死水中的一块水泥。我在沙滩上踢着松果，盘算着在剩下的夏日还能做些什么。

爸爸从灌木丛后走出来，穿着游泳短裤。“你真的不想去游泳？”他问。

我摇摇头。我坐在沙滩上，听到水面传来痛苦的叫声。海湾口炮弹横飞，你来我往。希腊人占据高地，蛮族被屠杀。海，被染成红色，人类和动物的尸体几乎将它填满。天空中一艘宇宙飞船疯狂地旋转。海湾边教堂旁，看门的老人正在洗刷长堤上的污迹。

战斗继续上演。我的家人视而不见。他们在血水中游泳，此时希腊人的炮弹慢慢升上天空又飞驰而下。蛮族举起胳膊，咆哮着迎向他们，无所畏惧，满怀仇恨。

*

我们一家去罗德岛度假是在一九八五年，三十多年前。好多次，我想告诉父母曾经发生的事，但我没有。事情过去得越久，我越不确定我是否应该告诉他们。现在我写下这些，似乎比“真正”发生的一切更为真实，尽管我遗漏了很多东西。就像科斯塔斯，我们在十三号餐厅的服务员，如果我没记错，我们整个假期几乎每个晚上都在那里吃饭。我二哥，是个有天赋的漫画家，画了幅科斯塔斯的漫画，还送给了他。在画中他英雄一般举起胳膊，托着三个巨大的托盘，上面堆满了食物，一个比基尼女郎紧抱着他的腿。他把他的笔送给了我们，一支廉价的塑料圆珠笔，上面印着金色粗体大写字母，是餐厅名。起初我们都拿它当宝贝，我和一个哥哥还争抢过，但早晚它都会失去吸引力，成为笔筒中的普通一员。

我们遇到一位美国女人名叫南希，当时是在游览神殿废墟还是要塞遗迹，我记不清了。她是名教师，因为参加交换项目要在伦敦生活一年。我们一直都有联络，五年后我们全家还去俄勒冈州的科瓦利斯看望过她。又过了几年，我在美国旅行，在纽约我住在了她女儿卡拉家。

但这里没有空间来介绍他们。故事里，所有与主题无关的内容都必须删去，南希、科斯塔斯，更不用说卡拉，他们都是不相干的。我的哥哥们也是，他们几乎就没出场。

我也许根本就不该提及他们，但我做不到。再者，如果在文中我是唯一的孩子也会引发其他的疑问，例如“为什么他父母会把他一个人留在咖啡店？”。

这倒真是个好问题。我实在想不起来了，遇到那个男人时他们在哪里。如果说他们不在那里，这似乎很难叫人相信——也许在某个角落吧，我记得街机被放在一个偏僻的所在，就是那种你能找到台球桌或者气垫球的侧间。但当我尝试这样写时，说他们也在咖啡店里，就在附近，这故事似乎就更令人难以置信了。除此以外，我的描述是忠于记忆的。如果这家伙像乔伊斯故事中的流浪汉那样，开始自慰，故事会更有戏剧性，但他确实没那么做。

杀死猫这件事，不是我做的。但我确实眼见一只猫被杀。这事的确发生在伊帕同街，而我当时可能真的在和阳光玩游戏，我小时候经常这样玩。我看到这只小猫蜷在墙角（故事里我只说是猫，因为说是小猫真的很难接受）。它确实又脏又病，我抚摸它时，一群希腊孩子围住了我。领头的那个男孩可能比我大个一两岁，开始冲我嚷嚷。我不明白他在说什么，但他显然很生气。他把我推倒在地，然后踢了那只小猫两三脚，直至踢死。在那里猫是祸害。

我还把阴茎夹进了拉链。这是另一件我从未告诉过家人的事。我们正要去吃晚饭，爸爸和哥哥们已经在楼下的大堂，妈妈在厕所门外等我。她并没催我，但我觉得所有人都在等我一个。我抖了抖，然后快速拉上裤子拉链。太快。我不想描述这种疼痛，试都不想试。这么说吧，我一低头，只见那些愤怒的粉色小肉泡挤在拉链齿中。我也曾试着写自己如何强忍眼泪，怎样往内裤里塞卫生纸，还有留下的疤痕，但我都删了。一个男孩被侵犯，眼见小猫被踢死，然后阴茎还被拉链夹伤？这样一个故事让人作何感想？

有趣的是，在罗德岛发生的这一切，留下的唯一有形的证据就是我阴茎上的疤痕（一道和信用卡厚度差不多的焦糖色的隆起）。太阳镜坏了扔了，止汗带也弄丢了，“弩弓和弩炮”被束之高阁，然后和其他整箱的曾经的宝贝一起捐给了大甩卖。

也许因为我从未和任何人说起过这些事，所以现在要把它们编进一个故事竟是如此之难。可如果我做不到，其他人去写的概率又有几许呢？如果，假设，我的父母兄弟知道了这个男人，或者那只猫，或者我的阴茎，这大概只会令他们感到困扰吧。“你确定这真的发生过？”他们会说，“真是这样？”这可以理解。毕竟是三十年前的事了，就算我叙述的一切都是客观事实，一切无人知晓又有什么意义呢？大家就算知道了又能改变什么呢？书写记录这一切的意义到底何在？还不如说这是我瞎编的，似乎更容易交代。

但当我看着我的女儿们蹲在沙滩上，把玩具埋进沙子，用贝壳搭建小小的街道和房屋，我不禁想：如果同样的事情发生在她们身上，我想知道吗？如果我知道了，又能怎样？我会找到那个作恶的男人吗？举报他？揍他一顿？宰了他？

罗德岛上的事我几乎没告诉给任何人，但不久前，当我开始构思这个故事，我告诉了在派对上遇到的一位律师，她笑了，说："所以你只碰到过一次？这种事女孩们能碰到几百次。经历过几次以后，这都算不上个事儿了。"

这怎么可以是事实？我告诉自己不可以，当然不可以。虽然说出来的不一定就是真的，但沉默也无法改变事实。我知道那些事对我的影响，我不能让这些事再发生在她们身上，这些现在被我拥在怀中、坐在我腿上晃着小脚丫的女孩。没有人可以确保，她们将一世平安，但有时候，我就是相信她们会的，就像当你站在曼兹拉基的海口，你的眼前就会耸立起那座巨像。我告诉女孩们，这座巨像曾是地球上最大的塑像，花了十二年才建成，有一天它倒下了，用了上千头骆驼才将它运走。"真的吗，爸爸？"索尼娅问，"这些真的都发生过？"我说，当然是真的，每一个字都是。

因斯布鲁克

许多人都发誓说布拉瓦海岸最美丽的村庄是卡达克斯——一簇璀璨的白色建筑被橄榄树环绕，怀中蓝绿色的海湾上，缀着色彩缤纷的渔船。村庄及至周边，与清风、碧水、海光、石色，融为一体，煞是迷人。

伊娃来到了西班牙，在这里她将做出一个重大决定。她站立在一堵石墙上，身后是荆棘，身前是悬崖。下方十米处，海水拍打着岩石。这个半岛有很多海滩，小小的空旷的石滩，但这里没有。每到一个海滩，她总能看到石头上喷着“裸体海滩”的字样。当地人开的玩笑吧，她想。有一次她真的脱了比基尼，但她立刻感觉好像万事万物都在盯着她看：树木，飞鸟，还有奔腾的海。

一艘货轮向南穿过波光粼粼的海面。她的终点在北方：海岬上的一座灯塔，盘踞着，发出耀眼的白。距离这里大约三公里。现在还没到上午十点，已是热浪袭人。她怀着感恩的心享受着这海风。它扑面而来，又骤然离去，她喜欢这样的风。

贴近了看的话，灯塔的白色砖石就没有那么完美了。

钻石形的灯室外围着圈铁栏杆，垂下锥形的锈迹。灯光闪烁着：每十秒闪两次。她盯着看了二十次，再望向别处，眼中还留着骇人的残像。她走进昏暗无窗的礼品店，静静地站了好几秒，什么也看不见。她买了张明信片：一张灯塔的黑白老照片。

灯塔后有个山洞，可以避开最肆虐的风，那里开了家露天咖啡厅。人们三三两两分坐在桌前。她找了张空桌，点了一杯啤酒、一盘鱿鱼，服务员长了双耷拉眼，像只寻血猎犬。她回望自己走过的路，接着一直向北，越过咖啡店，直到比利牛斯山脚。天空高远灰蓝。海上飘着云。吃完饭，她点了支烟。她要了杯意式浓缩咖啡，拿出那本厚厚的几乎被翻烂了的《欧洲旅游指南》。这是本旧书——曾属于她的妈妈——后来被用作电话簿，因此变得柔软。书页已经松动，在旅途中还丢失了一部分。因为它的成书年代，提供的旅游信息已经毫无价值：电话无法接通，地图也不准确，书中介绍的餐馆和酒吧已经关闭多年。尽管如此，书中的内容还是让伊娃着迷。就像她还是个小女孩时那样，随手翻开，她发现自己已经来到波罗的海。这里有三个海湾，她读到：波的尼亚湾、芬兰湾、里加湾。她看着地图，海洋是浅灰色，陆地是深灰色。日头正是最烈的时候。她又点了支烟，翻动书页，扬起了烟灰缸里银色的灰烬。她来到喀尔巴阡山脉。她来到普罗旺斯。她来到因斯布鲁克。这是最常被翻到的一页，像是某种暗示。她看着一张黑白照片，雄伟的古老建筑围出一片广场，被太阳伞装点着。广场后方隐约可见一面巨墙，那是皱起的山岩。山坡上林木葱郁，山顶上白雪皑皑。她甚至能感受到从山上吹来的凉风，穿过广场，她坐在广场露天咖啡馆等着……她的幻想到这里断片了，她不确定自己在等待什么人或者什么事。照片下注着：因斯布鲁克，阿尔卑斯山历史之都。她漫不经心地看着城市的简介，这段文字她已经读过太多次了。她的手指划过奥地利地图，描摹着河流纤细而弯曲的线条。

她沿着来时的路走回卡达克斯，顺着海岸线的山脊，那是条蜿蜒曲折、尘土飞扬的小径。因为热，她控制着步伐。小径越来越窄，她改道，走在盘山马路的边缘，远离海和风。鹅卵石被她的跑步鞋激起，蹦蹦跳跳穿过柏油马路。她路过一片荒芜的土地，断断续续的水泥砖墙围着一丛丛的灌木，还有一些参差不齐的鼠尾草——静谧的空气中弥漫着胡椒和柠檬的香气。一辆挂着窄梯的白色面包车，从她身边驶过。汽车发出的喇叭声像是不耐烦的抱怨，被炎热的空气和无休的蝉鸣给吞噬了。是冲她按的吗？听出引擎有了变化，她有些紧张，怕面包车停在这人烟稀少的马路上，还好它只是换了低挡爬坡。

回来时伊娃饿了。在临海的小酒吧，阴凉的露台上，她要了一杯红酒，一盘火腿。酒是酸的，肉又太肥，让她恶心。估计是要来月经了。离开酒吧时，一个独坐的男人，站起身，倾着头。

“打扰了。”他说。他是英国人，英俊，高大，白皙，白色的马球衫配着蓝色的短裤，穿戴整齐。

伊娃微微一笑。她不想说话。

“您是英国人……？”男人问，“说英语？”

“瑞典人。”伊娃答道，“不过我会讲英文。我住在英国。”

“太好了！”男人说，好像伊娃提供了一个他期盼已久的答案，“请原谅我，我真的无意打扰您，但如果没来问您，我一定会后悔，您愿意和我共进晚餐吗？”他目光炯炯。他很欣赏自己的魄力，她看得出来。

“谢谢您，”她微笑着说，“您是好意，只是我已经有人了。”她扬了扬左手，尽管她并没戴戒指。

男人微笑着点点头，虽然遭到拒绝，也毫不尴尬。“很抱歉打扰您了。”他说。

回到酒店，洗了澡，她捧本书坐在阳台上：莫伯格的《大移民》，上学时她没读过，但现在她想读了。只是故事节奏缓慢，描写又太过冗长。她把书搁在地砖上，闭上眼。走进房间时，明亮的日光和昏暗的房间形成强烈的反差，她几乎看不清路。原本棕色和白色的浴室陈设现在在她眼中变成了病恹恹的绿色和黄色。她躺在床上，一阵微风从阳台门吹进来。床头柜上的欧元卷了角，打着颤。她睡着了。

饥饿唤醒了她。房间很暗。她曾在酒店吃过一次晚餐，并发誓再也不去了，只是就算去距离最近的饭店，也得步行十五分钟，今天的登山把她累得够呛，现在她最多只能走到楼下。其实也不只是因为疲惫：她有些担心再次撞上那位英国仰慕者。

伊娃点了份吞拿鱼沙拉。除了生菜，其他都是罐装食品。吞拿鱼是灰白色的，裹着层果冻似的东西，吃起来像糖和人造黄油。她有些自责，如果自己不是那么怕事，本可以去超市买些东西，然后在阳台上享用：橄榄、胡椒、香肠、桃子。这里的橄榄简直像小苹果。一颗洋蓟心在她的刀下像扇子一样打开，它的花瓣像书页一般散落。喷出一道清澈的液体，洒了一盘子。

意识到自己正蜷在餐盘上，伊娃连忙抬起了头，挺直了腰。昏黄的灯光下，映在窗户上的自己显得阴郁：灰色的皮肤，灰色的眼。她直挺挺地坐着，紧握武器一般执着刀叉。她的四周也显得诡异。她依稀看到邻桌坐着一对情侣。他们正盯着自己吗？她听到耳语和笑声，于是不再看窗户，转头去看他们。他们很年轻，二十几岁。两人都瘦瘦高高的。她没在早餐厅或泳池见过他们。女人背对着伊娃，穿了件比基尼上装，白皙的肤色表明他们还没来几天。她听到他们谈话中的只言片语：“女人……女人……那女人……”他们在议论她。年轻男人笑了，但当他的目光撞见伊娃的目光时，他止住了笑。他们在笑话她，脏运动鞋，旧紧身裤，肚腩，眼袋，还有单人桌。这些桌子为什么要靠得这么近呢？近得她伸出手就能抓住那个女人的金发，把她拖过来，用叉子划过她修长而白皙的背。又或者她应该用在自己身上。上楼回房，浴缸里放上水，把胳膊弄麻木，割开手腕白皙的皮肤。白得像那个背，白得像鱼肚。被邻桌的客人和自己的影子夹在中间，伊娃低头看着桌子。我他妈才不在乎他们是怎么想的呢，她告诉自己。才他妈不在乎呢。他妈的。不在乎。她盯着剩下的沙拉：棕色的洋蓟，灰色的金枪鱼，白色的菜梗。服务员来收桌子，她把他支开。邻桌那对情侣不走，她也绝不撤。她保持着坐姿，仿佛化作了石头。

*

达尔马提亚海岸，与南斯拉夫其他地区不同，脱离了连绵的狄那里克阿尔卑斯山脉，因其众多的岛屿、海湾、海峡而闻名。亚德里亚海的海水温暖，含盐量高，多为浅水，最深的地方约为一千米。海岸线呈地中海气候。土壤大多贫瘠，但盛产橄榄和葡萄。

初夏时节，伊娃从伦敦飞到萨格勒布，然后坐火车去斯普利特。在斯普利特，乘大巴沿海岸公路前往杜布罗夫尼克。出发几小时后，大巴途经波斯尼亚，伊娃出示护照，边防警看都没看，只是在过道上走了个来回，然后就疲惫地挥挥手，放行了。

天空中最后一抹余晖散尽，大巴驶入杜布罗夫尼克。下车后伊娃看到巴士总站顶棚悬了块红色数字显示屏，轮番显示时间和温度：21:30，21℃。这里熙熙攘攘，高饱和的荧光灯把一切都变成了高清影像。在热浪和尾气中，等着司机打开行李舱的伊娃，忽然感觉一切都往下坠，就像飞机撞进了空中气涡。周围的一派繁忙化作白茫茫一片，话语声、引擎声、广播声褪成滋滋的白噪声。她身不由己地漂流，沉没。而后又被推出水面，一切都涌了上来：她又回到了人世。她向后倒下，重重地坐在路边，看着司机在行李舱里忙活，拉出最后几件行李。他的长裤松了，内裤松紧带上印着一圈字："好男人"。

车站里的游客信息中心已经关门。伊娃找了张长椅，拿出她的旅游指南。她感到局促不安，好像每个路人都看出了她的优柔寡断。大巴上，她曾在地图上圈出了几家老城区的酒店，尽管那已是三十年前的资讯。也不管它们是否还在，反正她只想赶紧找个地儿，立刻马上，关灯睡觉，一觉睡到自然醒。坐出租车，想想都觉得累。她找到一串酒店名单，步行距离，位于格鲁日港口。站在灯火通明的大堂，房价她看都没看，直接把信用卡交给了前台。

第二天早上，对于自己没来由的恐慌，她觉得傻透了，她结账离开，搬去老城区的一家小旅馆。下午她在街上溜达，石板地冰一样地滑，穿了凉鞋的脚忍不住在上面蹭着。还是孩子时，她就常常这样走路。"把脚抬起来，伊娃。"

她听到妈妈的声音。

无论她去到哪里，似乎总被旅游团包围着，所有人都跟着举了面小旗的导游，上面写着游轮的名字。躲避旅游团成了她的游戏，但她总也赢不了，他们无处不在。城墙和大海之间的岩石上，有间拥挤的露天酒吧，那晚，就是在那儿，她遇见了约瑟普。

“我给你买杯饮料?”他问，伊娃说好的，她要了杯啤酒。在旅馆准备出门时，她还假模假样打算找个低调的所在，坐下来，喝一杯，看看书，但其实她真心想去的就是这样的地方，有音乐，有年轻人。她把书留在了旅馆房间。

他们聊着些泛泛的话题——杜布罗夫尼克是怎样的，伦敦是怎样的——但他们能把彼此逗笑。他看上去才二十来岁，伊娃觉得他也许比自己小十岁甚至十五岁，但她不在意。

“杜布罗夫尼克是……”他说，他说话经常打顿，仔细权衡，想用伊娃喜欢的方式来表达，“……当然是美丽的。但这里的生活，这里的游客，有时候感觉不是一个……真实的城市。”

一艘游轮正在离港，数百间客舱透出金色的光。他们身边有人开始喝倒彩。“游客。”伊娃厌恶地说，对着游轮竖起中指。她笑了。她正在喝第三瓶啤酒。

“他们要走了。挺好。”约瑟普说，顿了一下，“我们也走吧?”

伊娃独自站在约瑟普的厨房，不安地喝着酒，看着他的冰箱门。上面有块鸟形冰箱磁贴，鸟爪上抓着张明信片。明信片是张照片，一座教堂在一个有喷泉有拱门的广场上。广场的一边是一排色彩鲜艳的房子。她从鸟爪中取下明信片，翻过来。背面是潦草的手写英文：

约瑟普，我想起了你。现在我在斯洛伐克穿着雨衣捡栗子。玛克塔吻

卡片上注着："波普拉德，斯洛伐克"。伊娃把它放回去，听到卫生间冲水的声音。约瑟普来到厨房，一脸的严肃。

"你要啤酒吗？"他问。

"是的。"

床上，街灯穿过百叶窗在黑暗中划出一道黄色的条纹，约瑟普翻到她身上。她想着应该能听到外面的雨声，但当她侧耳倾听，声音消失了。她的手从约瑟普的胸前移开，抓着他的胯，把他推开。

"怎么了？"约瑟普气喘吁吁地问。他按住她的双手，她的肘部陷入床垫。她更用力地推他，向床头的墙边挪去，挣脱开他。

"对不起，"她说，"对不起。"

没关系，他说。他们躺在黑暗中沉默不语。过了一会儿他问她，要不要让他带她去姆列特岛："你应该会喜欢那里。"

她觉得他这样问是很贴心，不过第二天早上他多半就会找个借口，然后彼此永不相见。

*

爱尔兰戈尔韦以北是广阔而荒凉的康尼玛拉地貌，历经冰川的打磨，岩石遍布。

年头，初春时节，她在康尼玛拉的克利夫登城外租了间小屋。屋子建在一座大山背风的一面，背靠大海，从小屋望出去是一片坡地，高高的石墙纵横其间。沼泽上隆起一丛丛苔藓、石楠花和湿漉漉的莎草。一切都很沉闷，灰色、绿色、棕色，只偶尔有星星点点的黄色野花点缀其间。

整个星期都在下雨，雨下得那么大，群山仿佛只是地平线上的黑色污迹。柴火也湿了。写着房东电话号码的小纸条就贴在厨房操作台上，伊娃也懒得打给他，大多数时间她只是用毯子把自己裹得像个木乃伊似的。冻得抖作一团，实在坐不住了，她就在小屋里踱步。原地跳，跳到上气不接下气，跳到自己能感到暖意。坐在一张大而笨重的扶手椅上，她读着屋里集着的小说：伊恩·蓝钦，约翰·布肯，派特·巴克。她把这些书混在一起读，想换一本时就换一本。人物和情节从一本书直接切换到另一本书，形成一个全新的、虽不连贯却很精彩的故事。她没做饭，只是一杯接着一杯地喝着番茄汤，配黄油白面包。

终于有一天早晨，雨停了，一缕阳光穿过大门登堂入室。阳光沿着山坡向下倾泻。伊娃穿上登山靴，腰间系件毛衣，几乎飞奔着出了门。海滩离得很近。她大步走在松软起伏的地面上，莎草擦过她的牛仔裤，留下深色斜纹。雨又下了起来，就像突然打开的水龙头，她的大步流星顿时变成了举步维艰。她经过一排落汤鸡般垂头丧气的榛树。沙滩上是七零八落的岩石和海草。她在沙地上留下的脚印很快就被冒着泡的雨水填满了。这片沙滩处在一个河口，河对岸有两匹白色的迷你马站在山坡上，任凭风吹雨打一动不动，一缕缕的鬃毛垂下来，像开瓶器的螺旋钉。

她在岸边转了一圈。在附近的山丘上她隐约见到了山，像只黑色的羽翼直指天空。她看到一片高地，后面藏着她的小屋。水面上好像有无数的小嘴一开一合，而雨水正好落入它们的口中。沙子的颜色变深了。她可以就这样走进去。这个念头，微小而简单，落在她的心头，就像只小鸟落在了枝头。她转身，快步走回小屋。

在客厅，裹着浴巾，她看着一幅装框的照片，拍的是夏天的泥炭沼泽地。土地被划出一道道深色的线，那里的泥炭已经被挖走。收获的泥炭条被垒成一个个小小的黑色土垛，就放在浅沟旁，晒着太阳。她想到那水彻骨地冷，把浴巾裹得更紧了。

第二天一只猫来挠她家的门，她从橱柜深处翻出罐吞拿鱼，喂了它。它留了下来。他们一起吃饭，一起看着窗外发呆。她读着她的《欧洲旅游指南》，猫在书脊的一角蹭着它的小脸儿。她把书放在膝盖上睡着了，醒来时已是浓影重重的黄昏，温暖而迷茫。晚上，她的背上好像压着什么，她能感觉到也能听到猫咕噜咕噜的震动和声响。三天以后它消失了。窗外的雨下成了坚实的银色的墙。

*

离开海岸，狭窄而拥挤的后街更能为挑剔的食客们带来惊喜。

离开海滨，在一条陡峭而起伏的斜坡上，伊娃迎面撞见那个曾经邀请她共进晚餐的男人。这是一条狭窄而荫翳的小巷，周围都是民宅，没有什么店铺可以溜进去回避。

两人渐行渐近，他举手致意。身上的衣服和上次遇见时款式相同，只是颜色不同：灰色马球衫，白色短裤。

“你好。”伊娃笑着打招呼，脚步却没停下。可是男人挡住了她的去路。

“对不起，”他听上去挺随和，“我只想简单聊几句。你介意吗？”

她摇摇头。一个穿着黑裙黑衫的西班牙胖女人摇摇晃晃地走过，手里提着一个吱嘎作响的黄色水桶。

“我看到你在这附近闲逛，”男人笑着说，微笑中流露的困惑多于愉悦，“我知道你没有同伴。你看，这听起来……”他举起双手，掌心朝外，“我其实并不介意您不愿意和我共进晚餐。但我的邀请是礼貌的，因此我也期望能得到一个诚实的回答。”

真希望闭上眼，他就会消失。“对不起，”她说，“是我无礼了。我当时不舒服。我现在仍然不舒服。”听到口中说出的话，她自己都有些惊讶。

“对不起。哪里不舒服？”

面对这种闻所未闻的冒犯，伊娃真是眼珠子掉一地，她抬起头看着他，心里冒着火：“这是私事。我不想说。”说完，有那么一刻，她觉得他似乎想要揍她。

他像赶苍蝇一样挥了挥手：“你真是粗鲁。”说完，径直走开。

她向着相反的方向走了几步，停下来，转过身。“你凭什么！”她在他身后喊道，“我不舒服！”

他头都没回，只是伸出只手，作鸭嘴状，一开一合。

“你他妈凭什么。”她叫道，只是声音不够高，他没听见。四下张望，一块鹅卵石从地面脱落出来。她捡起石头，抡圆胳膊，照着那个男人就丢了过去。石头落在男人身边，顺着街道滚落下去。他回过身，难以置信。“你他妈是个疯女人！”他怒道。他一步一步向她走来，停住。他向右转了转，又向左转了转，双手握成拳，又松成掌，反复几次。伊娃没法动弹。她的呼吸急促而轻浅，心里想着，如果他再靠近，我就跑。

她转身走开，肾上腺素飙升，她的脚总是磕在鹅卵石上。她知道在未来的几天，甚至几周，她的脑中将反复回放这场冲突。她转进一条小巷，是条陡峭的下坡路。一只猫，一身毛乱蓬蓬的，一个耳朵也被咬破了，从她身边溜过，警惕地点了一下头。她必须逃离这些小巷的纠缠。她需要大海。

*

第二次世界大战期间遭到猛烈轰炸，经过战后大规模重建，勒阿弗尔力争重新成为法国主要货运港口。通往英国和爱尔兰的渡轮让这个城市保持了繁忙，但也只有过路客才会在这里逗留。

刚从爱尔兰回来，伊娃就又开始筹划下一次旅行。她不想待在自己的公寓里，感觉像个临时住所，其实她搬进来都已经两年了，但她一半的家当都还在搬运箱里装着。离开瑞典后她就开始四处漂泊：法国、米兰、华盛顿特区的城郊。最近十年她都在伦敦，倒不是因为有多喜欢这里，只是惰性使然。尽管如此，她感觉自己越来越不想出没于这片熟悉而沉闷的街道。她在汉默史密斯区一家广告公司干一份为期两周的短工，做得浑浑噩噩。她一上班就戴着耳机，与人沟通尽量通过电邮。具体工作很简单，就是给一系列广告宣传册修图，但她干得实在是不尽如人意，她知道他们不会再用她了。

完工那天，星期三，她在滑铁卢车站登上火车，坐夜班轮渡，横渡平静的海峡，从朴次茅斯来到勒阿弗尔。入住酒店时，房间还没收拾好，她放下行李，说下午再过来。她在咖啡店要了杯咖啡和一份糕点。她有好些年没来法国了，这曾是她离开瑞典后的第一站。当时她在普瓦捷城外的一家酒店做服务员。那段时光有些诡异，蹩脚的法语是一个重要原因。她交到一个真正的朋友，是副主厨，名叫丹尼斯。他不会瑞典语，只会一点英语。他们都喜欢治疗乐队，实在没法交流的时候，他们就对歌名：《所有的猫都是灰色》《下沉》《三个虚构男孩》。他们都爱悲伤的歌。丹尼斯要年长几岁，有妻子和年幼的儿子。他们发誓说要保持联系，但来往的信件依旧日渐稀少。她很久没想起他了。他还记得她吗？

宽阔的福克大道上，有轨电车和汽车并驾齐驱，川流不息，隐约现出道路两旁连绵的现代建筑。行人很少。天空是灰白色的，海边吹来的冷风，贯穿整条大道。站在十字路口，眼中突然噙满了泪，一瞬间她什么也看不见。痉挛击中了她的身体。她想拭去眼中的泪，却连胳膊也抬不起来。妈妈去世后，她曾发作过一次。那一幕，忘记了那么久，此时此刻却如此熟悉。她觉得荒谬，却动弹不得。她像棵风中的树，无力挣扎，唯有忍受。又是一阵痉挛贯穿全身，她想她大概是病了。她听到一个声音，抬起头看过去。

她的视力恢复了。她看到了两张脸，都是自己的苦痛的脸：投射在一副大框太阳镜的镜片上，一个穿着黑色长外套的中年女人立在她面前。“你还好吗?”女人用法语问道。小巧的红唇看上去很冷艳，声音倒是暖心。她伸手握住伊娃的手腕。“你说英文?”她改用英语问道，“你还好吗?”

“是的。”伊娃笑着说，但啜泣声也同时从她口中传出。女人从包里抽出张纸巾。伊娃点头道谢。她擤擤鼻子，深吸一口气。过去了，来势汹汹的痉挛吓着她了。她问女人附近有没有教堂，她需要安静。

“有的，”女人答道，“左转，直走。圣约瑟夫，你会看到它，它是……”她张开双臂一上一下拉出条斜线，比画着教堂的样子，但在伊娃看来，倒像是在索取拥抱。这孩子气的动作，配上那凛然的样貌，显得十分古怪。

“谢谢您，”伊娃说，“您真好。”

“不用谢。”女人缓缓地说，严肃地点了点头，身形一僵，倒像是要行礼。

圣约瑟夫是座巨大的混凝土建筑。高高的大厦顶着个八角形的尖顶，看上去更像摩天大楼，而不是教堂。宽敞的内部空间正如伊娃希望的那样安静。也许，甚至一个人也没有：反正她是没见到。外面马路上的噪音十分微弱。雄伟的未经修饰的混凝土柱子拔地而起，四根一组，最上方以水平十字架连接。聚光灯把灰色的柱子染成了淡黄色。这里没有长椅，只有一排排奶油色的剧院式软装座椅。伊娃觉得一大片的空椅子有些吓人。她宁愿看着教堂窗户，那是用成千上万块彩色玻璃拼出来的：蓝色、黄色、橘色、绿色，尽管那天没有阳光，花窗玻璃显得沉闷、了无生机。八角形尖塔下方是一圈栏杆，将祭坛与信徒分开，伊娃围着它转了一圈。她不知道她来这里做什么，不知道自己要来法国做什么。

“我来法国干吗？”她叫了出来。她一遍一遍地问自己，把重音轮流放在不同的字上。“我来法国干吗？我来法国干吗？我来法国干吗？”她再一次问自己，感觉到地面的颤抖。她背靠栏杆，仰起头。尖塔里水泥和玻璃由近及远反复递进，形成透视关系，把自己的眼光吸入塔尖的黑孔。她想，一颗即将射出枪管的子弹，大概就是这样的感觉。

伊娃回到酒店告诉酒店经理她要退房。

“您要搬去哪里？”他听上去有些酸溜溜的。

“我必须走了，”她说，“我必须回家。”

“可您刚到。”

“是的。我必须今天就走。”

傍晚伊娃站在渡轮甲板上，透过温柔却寒冷的雨回望这个城市。当渡轮在稍大的海浪中起伏时，她看到一注光，然后意识到，她正望着圣约瑟夫的尖顶。十字架在城市上方刺入苍穹，光芒万丈。她继续极目远眺，却再也看不见。等她再回过神来，眼前只剩翻滚的大海。

她记起了乘坐双体船去姆列特岛的经历。约瑟普坚持信守承诺，这真让她大吃一惊。她想向他解释前一晚的状况，但他做了个手势，表示她不必再说。他们的腿靠在一起，随着引擎的震动轻轻摇晃。“在所有亚得里亚海的岛屿中，”伊娃在她的指南中读到，“姆列特岛大抵是最迷人的。”他们从港口搭出租车，约瑟普带她去了海之女神卡吕普索软禁英雄奥德修斯的山洞，破碎的地面倾斜着探进去。靠近洞口，四下无人，约瑟普站在伊娃身后，让自己的勃起顶在她背后。她微微后倾，他的双臂缠着她。他捧着她的乳房揉捏。她扭动，他继续，最终他们几乎蹲下，像滑雪运动员。他的手腕在她腋下，他的肘部压在她紧绷的大腿上。大海在她面前伸展开去。他急促的呼吸散发出烟草的酸味。

“再近些。”她说。

他立刻直起身，从她身边走开。他似乎微怒。“过来，”他说，好像刚刚吵完架似的，“我会让你见识到的。”

那晚在一家露天小饭馆，石台上设着白色塑料桌椅，他俩一起吃饭。伊娃饿坏了。她喝了一瓶白葡萄酒——姆列特白葡萄酒，约瑟普一边给她斟酒，一边骄傲地介绍。还没上菜，他们已经开始喝第二瓶。上主菜时，伊娃又点了烈酒。“致我们的相遇！”她一边说，一边和他碰杯。她想教他瑞典的酒歌《干杯》，可惜他跟不上。她用来配咖啡的是一杯黏稠而刚烈的渣酿白兰地。

石台下有个舞池，一个乐队在演奏乡村音乐和流行音乐。他们跳舞时，约瑟普直勾勾地盯着她。他看上去像是想要骂她，正在搜肠刮肚地寻找合适的词汇来表达自己的愤怒。因为在山洞里发生的事？让他烦心去吧，伊娃暗想。她打定主意，今晚她要开心尽兴。她惊讶地发现他的动作轻松流畅。他跳舞的时候变得没那么棱角分明。他扭着胯。她想和他做爱。从下午开始她就在勾勒那个场景，把自己当作站在洞口的第三者，看着他们做爱：她半蹲着，他在她身后，皱着眉，一脸怒气，就像现在，一分分挤进她的身体。

舞池满了。伊娃转过身，靠近约瑟普。她拉过他的胳膊环着自己的腰。她贴着他，把他的双手拉到自己的胸部，当他意识到她的企图，立刻反抗，她再也掰不动他。音乐的节奏越来越快，她的动作也越发狂野。她碰撞着其他的舞者。她把头发堆在头顶，让双手埋在发中，剧烈地甩着头。她更加紧密地贴着约瑟普，斑斓的灯光打在她紧闭的双目上，乐队的演奏越来越响，越来越快。手风琴的声音让她想起游乐场，这声音让她恶心。

“我们坐会儿吧。”她说。

舞池后面是片高大的松树林。白色的椅子三三两两放在树木间，在夜里几乎放着光。聒噪的蝉鸣让夜也悸动了起来。伊娃闻到了木香，脚下是柔软的松针。她坐下，一层微粒蹭着她的腿。约瑟普点了支烟。

“可以给我一支吗？”她问。他从衬衫口袋中掏出盒烟，用拇指推开盒盖。她好些年没有抽烟了，这味道让她仿佛回到第一次抽烟的地方，同学家的花园棚屋。棚屋里混合着木馏油、机油和松树脂的味道。烟让她脑门一松，仿佛腾云驾雾。恶心消失了，她惬意地伸了个懒腰。她的眼睛适应了黑暗，树皮隐约闪着光，变成了图案：灰色的鳞片，呈匕首形，不断重复，深色的沟壑纵横其间。她伸手扯下一个鳞片，它的木质松软，很容易从树上脱落。“你跳舞的时候为什么是那个样子？”她问，像摇扇子一样挥着树皮。

“什么样子？”约瑟普问。

“生气。”她说。

“我像在生气？”

“是的。就像——”她学他的样子摆出张臭脸，只是更夸张：沉着眉，绷着嘴。

“像什么？”

“就像那样啊。我刚做给你看了。”当然，天太黑，他看不清。她也只能依稀辨出他眼中流动的光。

“我跳舞时很专心，”他说，“跳舞不容易。”

“还有什么事儿能让你这么专心？”她听到自己暧昧的声音。他沉默了。这不是她想要的。她只是想寻开心，她希望约瑟普也能嬉笑着应对，她要这种轻盈的快乐，毫不费力，源源不绝，但他却沉默了。她把树皮扔向他，树皮击中他的下巴落在胸前。他听之任之，一言不发。“你说说看嘛……”她笑着提议。他依旧沉默。乐队在演奏一首舒缓的乐曲，在黑暗中听起来更觉深沉，传来一个男人锐利的嗓音，压过虫鸣。他喋喋不休，终于一席话了，却全无反应。

*

这个村的海岸线有六个小海湾。沿海的街道有些地方没有栏杆，小心脚下。

这是伊娃在卡达克斯的最后一天。她一早醒来，在酒店的露台上吃糕点喝咖啡。也就现在还凉快些，桌椅被昨晚的雨打湿了。她听到从楼上阳台飘下来的谈话声，德语、法语、英语，都在商量当天的安排。一个孩子在抗议，一个女人一遍遍地说着："不行，不行，不行。"平和却无情。

收拾好行李，伊娃拿着自己带来的书，下楼来到视听娱乐室的书架前。《大移民》，她是读不完了，还有两本惊悚小说都还没开始看。以前她总在读书，好书。这是她最爱做的事，阅尽生命所能承载的种种可能。书架顶部贴了个字条，用三种语言写着"图书馆"：加泰罗尼亚文、法文和英文。在一排皱皱巴巴的旧书中，她插入自己干干净净的新书。

她最后一次走去村里，她打算离开前在那里吃顿中饭。天很热，太阳似乎要挤进她的身体。她走在一条远离马路的小路上，这是她找到的一条捷径，她弯腰查看一条章鱼干瘪的尸体。凑到近前，才发现那是一条沾着尘土的扭曲的内裤松紧带。

这天是周末，村子比她以往来的时候更加繁忙，满是一日游的旅客和闲逛的家庭。被中心广场的人潮给惊到了，伊娃靠在电线杆上，面向大海，看人来人往。她身边的电缆箱上贴了张复印传单，卷着边，关于一个日本钢琴家的演奏会。钢琴家的面部被一张圆形贴纸给盖住了，红底白字，用加泰罗尼亚文写着“对，独立!”。她见过服务员和店员佩戴着同样的徽章。广场上一支乐队开始演奏，当地人围成圈翩然起舞，大家手拉着手，伸向天空。伊娃转身，沿着海湾，向着僻静些的北端走去。

在她前面，站着群双手叉腰的游客，显然被这里的阳光和大海给镇住了。其中一个人指指点点在说德语，其他人望着大海直点头，倒像是大海在对他们说话。一个高个子女人谈论着这里的空气，女人的同伴们微笑着，深深地吸了口气。伊娃对他们产生了一种突如其来的爱。她也想站在他们中间，赞叹这碧水，呼吸这空气。她也想指着这些树木，这些峭壁，这个太阳。

然而旅游团继续前行，剩下伊娃独自一人。她眺望大海，她知道所谓地平线不过是她视线的尽头罢了：在她看不见的地方海水仍在继续，无边无际。一阵眩晕，她弯下腰，扶住墙壁火热而光滑的石板。她垂着头笑了。在她下方的水中，孩子们在划船，从岩石上抓海星。一个父亲在教儿子浮潜，孩子的腿踢着水，露出黄色的脚蹼。在他们上方，在一片蔚蓝色的晴空下，一个女人正在苦苦坚持，她的头已然低下，她的发垂向大地。昨天她在街头尖叫。她想过割腕。她由上而下打量自己：胸、腹、臀、腿。太阳晒热了她的颈项。一阵轻柔的微风，像呼吸，抚过她的面庞。她来这里做个决定，现在她决定了。她将前往因斯布鲁克，她要坐在广场上，感受从山上下来的风。那里有条河，她曾用自己的手指追踪过它的脉络。它奔流着遇见了多瑙河，它们融合，又分离，当它汇入大海时，它已不是当初的它。

哈文史前石墓

几个月前，在瑞典旅游时，发生了一些事情，我本已不想多说。事实上，自从这件事发生以后，我就在想方设法把它从记忆中抹去。但昨天下午，找钥匙时，在一件大衣口袋的深处，我发现了一颗橡子，那是在斯滕斯古堡下一片森林中，我从它的帽盖里揪下来的。那时它的表面翠绿且光滑，现在却变成了褐色，且布满棱纹，像个小桶。你不会明白，这是我一时兴起摘下的一颗橡子，但现在握着它，我却再次感受到那种外力，在那个诡异的日子最终迫使我钻进了哈文的墓室。

那是九月底。我在隆德参加一个为期三天的研讨会。周五下午会议早早就结束了，接下来就是周末，我在伦敦没什么急事需要往回赶，于是决定留在这里过周末。我的同事们给我推荐了一些考古现场——铁器时代和石器时代，都不是我特别感兴趣的时代，但我想为什么不呢。我唯一听说过的是亚里王石墓，瑞典的巨石阵，建在波罗的海的悬崖上，排列成一艘巨船的形状。

会上我发表了一篇论文《深挖：论考古信仰的发源》。

这是篇精彩的论文，对这次演讲我本是满怀激动，结果与会专家寥寥无几，而且对于我提出的论点，即便是最简单的，他们也无法理解。所以当一切结束，我可以离开隆德时，真是如蒙神恩。我需要些时间远离人群。

避开交通高峰期，我开着租来的车沿二号高速公路东行，驶往锡姆里斯港，这是斯科讷东海岸上的一个小渔村，也是瑞典的最南端。我行驶在延绵起伏的山峦间，路过苹果园，经过翻滚着绿色波浪的甜菜海洋。天气阴晴不定，阵雨和阳光轮番上阵、此消彼长，和过去的一周一样。

靠近锡姆里斯港，在沿海公路上，我看到海面跃出一道彩虹。我靠边停车，下来欣赏这美景。彩虹从水面拱出，尾部隐入一片低沉的乌云中。它的光环异常清晰。一阵风拂过，灰色的海面皱起，仿佛犁过的田地。要走出隆德那些闷热的房间和迟钝的辩论，这条路感觉好漫长。

我在距离海港仅几步之遥的一间小旅馆登记入住。我以为旅游旺季已经结束，没曾想我能得到这个房间只是因为一个预订被临时取消：前台接待告诉我，临近的小镇奇维克正在举办苹果节，这是本地最为盛大的节日。

房间里有个小冰箱，我决定去买点东西，准备第二天的午餐。旅馆应该是住满了，但在走廊我却一个人也没见到。小镇也很冷清。我猜，大家都去了奇维克，膜拜苹果。现在风力减弱了，但阳光也消退了。温暖而潮湿，光线微微发绿。海港周边是半木结构的低矮老式建筑，其间穿插着窄巷和鹅卵石铺就的小广场。远离了海岸就是些水泥砖块构建的现代楼房，典型的丑陋。

我买了面包、肉、奶酪，还有两个血红的苹果。排队结账时，入口处起了阵骚动，一个貌似喝醉了的男孩，在嘲弄从身边路过的购物者。我出门时，他也来骚扰我。他没碰我，但挡住了我的路，我只好停了下来。我们面对面。他约莫十八岁，留着板寸，鼻头上翘，尽管踉踉跄跄的，一双蓝眼睛，却是异常清澈，直指人心。他的脸让我想起一个人——我说不清楚是谁，但我知道那是个我已经很久没有想起的人。那一刻，他注视着我，我甚至感觉他即将唤出我的姓名。他口中发出的声音和我预期的一样古怪：一连串连绵不绝的尖声喊叫，咄咄逼人，像鸟叫。我试图从他身边绕过去，但他晃着身子阻拦我，继续发出恼人的啸叫。他咧着嘴露出棕色的牙，散发出酒精和烟草的臭味。他身后，通往街道的台阶上，一个无所事事的胖女孩坐在那里抽烟。她看着我，用瑞典语念叨着什么，尖叫声越来越响，她咯咯地乐出了声。买东西的人都匆匆走过，没人想惹这麻烦。我们所在的水泥走廊感觉似乎在缩小，把我、男孩、女孩推得越来越近。我开始恐慌，强行从男孩身边冲了出来，落荒而逃，一路跑回旅馆。离开他好一阵子，他的尖叫声仍在我耳中鸣响。

我做了三明治，放在冰箱里，为第二天的出行做好准备。多出来的食物，我打算用作晚餐，但我的房间太局促了。我沿着寂寥的街道走向海港。

没走多久看到一家饭店，它的名字吸引了我："辛布里"。听着耳熟，我想起来，会议上有人提起过。辛布里人是铁器时代来自日德兰的一个原始部落。他们曾挑战罗马，甚至远征意大利，但终究在历史的长河中消亡，这样的事情时有发生，整个部落甚至整个文明从地球上被完全抹去，考古资料无法解释其原因。

饭店挺忙，我被安置在角落上一张瘸腿的小桌前，正对男厕门口。我想过投诉，但女招待实在太凶悍，不到万不得已，我不会再去招惹她。饭菜倒是意外地好：黄油比目鱼，莳萝煮土豆。甜点是炒苹果配鲜奶油：我寻思，苹果是附近节庆用剩的。

晚餐后，我穿过街道走去海港。沿着码头，路灯投下一汪汪黄色的光池。空气清冷，水面平静，每艘船都垂着一个完美的倒影。正当我闲庭信步，独享着整个海港时，我忽然觉察到自己其实并没那么孤独：一个高高瘦瘦的人影正站在堤岸边，望着漆黑一片的大海。我琢磨着要不要过去打声招呼。这附近再无他人，身后的小镇毫无动静，甚至——或者似乎有那么片刻——面前隐身黑暗的大海也悄无声息。那个嘶吼的男孩现在在哪里？他在街头游荡的画面，令我顿感不安，我没有加入堤岸上的观海者，而是匆匆赶回旅馆，担心半路会再次听到那匪夷所思的尖叫声。还好回去的路上孤独得近乎完美，但回到房间后，躺在黑暗中，半梦半醒间，不期然地我听到孩子们兴奋的喊叫声从附近的街区传来。

第二天一早出发。天色已明，街道安静平和。我打算先参观斯滕斯岬角上铁器时代的堡垒遗迹，然后沿海岸线北上，途经奇维克，去哈文史前石墓。

我到达斯滕斯时，游客中心静悄悄的，还没开门。穿过树丛，白色的大海叫人目眩神迷，日光虽是明亮，空气中却毫无暖意。去古堡垒的路，始于一片下陷且坑坑洼洼的绵羊牧场。被搅和过的土地踩上去软绵绵的，地势最低的洼地海水多过土壤。绕开泥潭，我想起在隆德，为打发时间听的一场讲座，关于在北欧沼泽发现的一些铁器时代的遗体。在辛布里人的老家日德兰半岛发现的图伦男子，遗体保存得如此之好，以至于警方还以为他是一宗谋杀悬案的受害人。在他的胃里，还残留着他死亡前食用的燕麦粥。主讲人，一个荷兰女人，精力都放在了检测及验证的科学研究上，可惜没有演讲的天赋，直到她开始展示遗体照片，分析这些人的死因——一些我闻所未闻，一些我读本科时涉及过——她才完全赢得了我的关注。图伦男子是被绞死的。另一个日德兰半岛人，格劳巴勒男子，被割了喉。林多男子是被勒死的，头部双重骨折，颈部被切开。克隆尼卡万人的头被石斧劈开。屏幕上出现一具连着双臂的躯干，呈紫红色，像干辣椒一样皱着。这是老克罗根人。演讲人用一成不变的语调，详细描述了这个高得异乎寻常的年轻人曾遭受的虐杀：他被榛树枝捆着，双臂的皮肤被刺穿，他的乳头被削去，他的胸部、颈部被刺伤，枭首，腰斩。“总之，”她的声音变得厚重，带着事先排练过的幽默感，“事实证明这些伤口是致命的。”

我翻过木栅栏，进入一片通往古堡垒的山毛榉森林。从林里的光是茶色的，地势开始变陡，凉爽的空气令人愉快。斯滕斯是个海拔一百米的岩层，当我钻出森林，脚下松软的泥土变成岩石时，我已然气喘吁吁。

堡垒遗迹分立于三个山岗，留存的并不多，但显然把这里作为据点是个明智的选择。从这里可以环顾四野。第一个山头朝南，荒野上缀着些松柏，一直延伸至沙滩、大海。第二个山头朝东，是面断崖陡然入海，第三个山头面向内陆，下方是层层叠叠的山谷密林。

这是我选择的下山路径。浆果串似的羊粪左一堆右一堆。石楠趴在地上纵横交错。一棵王者般的橡树上结满了橡子：绿色的、橘色的、棕色的。我轻轻一扯，从它的帽盖里滑下来一颗。我小时候，隔壁的邻居是个和善的威尔士人，他一紧张就会不住地吹口哨，他送给我一颗从温莎古堡带回的橡子。我母亲帮我把它种在了后院，从那以后那一方土地似乎就成了我的专属。好些年过去了，橡树长得有我两倍高。长大以后，有段时间我必须回家住，每天坐在树下，向它倾诉不足为外人道的心事。

橡子躺在我的手心，光滑呈苹果绿。我用手指轻轻转动它，我非常喜欢它的形状和质地。某年某月我的老树被一种真菌击垮。母亲没有告诉我，直到它彻底消亡。现在只留下一个长满苔藓的树桩。那种真菌在根部的某个地方还存活着，母亲告诉我，每当它从木缝中钻出来时，她就会把它刮去。

我收起橡子继续前行。我的水壶半满，我每走一步它就在我的口袋中咕嘟一声。我听到栗子穿过树枝磕磕碰碰跌落地面。在山的这一侧，高大的山毛榉没能封锁住所有的阳光，因而低矮的灌木更茂密些，生命的迹象也更常见。跨过一条平躺在山路上的硕大的蛞蝓，我听到远处传来一阵噼啪声。我驻足倾听，声音却消失了，但我能感觉到有人就在附近。我转过身，以为身后跟着其他登山客。空无一人。再回身，终于见到了人影，在我前方约三十英尺处，被枝叶半遮半掩着。他们很高，似乎正从跪姿慢慢站起。“喂！”我招呼道。没有应答。我迎上前，人影还在升高——现在已经高得不可思议，得有两个我这么高。当我们之间的距离只剩原先一半时，我忽然听到有什么东西从我左侧冲了出来。

“对不起！”一名男子用瑞典语大叫着从我身边跃过，险些把我撞翻在地。

“白痴！”我大骂，但跑步者已经消失在林间。我回过身，在那个我以为的窥视者的立足之处，除了一丛灌木和一堆枯枝，我什么也没发现。

到达奇维克时，我很饿，道路又很堵。困在龟行的车流中，我爬过了国王墓。在隆德，上午讲座后的茶歇，一位青铜时代的专家紧贴着我，热情洋溢地介绍了“瑞典最大的圆形墓葬区”。他有口臭，他对坟堆的热忱，我实难共享，起码当他冲着我呼吸吐纳时不行，现在从车中望向那一大摊灰色的石头，我依旧提不起兴趣。

汽车缓缓经过一群男孩，他们坐在马路和国王墓之间的栅栏上。他们来回传递一个瓶子，对着汽车高声喊叫，相互怂恿，愈发地肆无忌惮。他们像是被某种躁动的能量所控制，他们笑声中蕴含的暴力令我不安。直到这时我才想起，在超市遇见的那个男孩像谁。纪尧姆。我小时候和家人一起在法国度假时认识的。他矮小但强健，像个杂技演员，也有——和锡姆里斯港古怪男孩一样——一双摄人心魄的蓝眼睛。多年来我一直没有想起他，但现在听到这些男孩嚣张的坏笑，我的眼前浮现出他的面孔。他们就像动物。

我原打算在奇维克吃午饭，但现在看来那将是场折磨。从主干道通往海港的所有街道都挤满了参加苹果节的人，他们喝着苹果酒，提着一袋袋的苹果。人行道被堵住了，就连马路上也有行人，他们像傻瓜一样叫着笑着。我决定直奔哈文，沿着海岸线再北上十公里。

钻出汽车，我听到了一只乌鸦大声地抱怨着。空旷的停车场正对一片草场，立着几匹黑色和栗色的母马。眼前的大海幽远而寂静。我闭上眼，沉浸在这份安宁中。

停车场边有家咖啡店，关着门。旁边有间水泥砌的厕所。男厕里闪烁的灯管把黄色的灯光洒向潮湿的水泥地面和肮脏的陶瓷水槽及便池。水槽边有团湿透的、正在分解的厕纸。水龙头上已是锈迹斑斑。唯一的隔间居然被占用了。小便时，我听到有人在坐便器上挪动的声音。这是我今天第二次感觉被监视。我扭头，看着隔间门与地面间的缝隙，以为会看到一张瞪着我的面孔。我真想跪下身看看里面，至少看看那人的鞋。我走到水池边，背对着隔间，怕得几乎发抖。我猛地打开门，冲了出去。

一到外面，我的不安立刻变得可笑起来。阳光普照，甚至都有些热。饥饿难耐，我打算参观石墓前，先去海边吃中饭。

穿过一扇门，走上一段斜坡，我看见了大海。一条栈桥穿过杂草，斜斜地通往沙滩。牛粪上，毛茛丛里，还有一片我叫不出名的蓝色小花中，冒出一顶顶蘑菇，有白色的、有棕色的、有黄色的。小时候我常和母亲散步，她是个惜字如金的女人，但一路上她会告诉我花草树木的名称。这些词语从她口中念出，仿佛咒语。

在草和沙的交接处，紧靠堤岸建有一个巨大的水泥碉堡，我可以从草地直接走到它的屋顶。它大约可以追溯到冷战时期。通向屋内的阶梯上杂乱不堪，表明此处废弃已久。啤酒瓶、塑料袋、薯片包、金属和木头碎片：这些等待中的考古遗物。我坐在水泥屋顶的边缘，晃着双腿。阳光和云影快速切换。大海风平浪静，海滩空无一人。银色的海水舔着细腻的白沙。我慢慢吃着三明治，轻柔的涛声和嗡嗡的虫鸣催人入眠。石墓就在我身后某处，但我现在还不想去看。我要留着它。我的右边，一小片松树林的上方，一团破碎的乌云仿佛囚禁了太阳：乌云的裂缝中透出璀璨的阳光。

我吃了个苹果，看着水流在海面画出之字形的线条。一卷卷的云彩向地平线退去。我想着身下的碉堡，还有斯滕斯的古堡，以及横亘在它们之间的千年：它们都矗立在边境，抵御入侵。但最后，如果没有别的，那就是时间，终将攻克我们的防线。我决定先不去看石墓。我要先沿着沙滩散会儿步，然后攀上矮崖，到达上方绿草茵茵的斜坡。再从那里绕回我现在的所在。

把午餐垃圾收进背包后，我从碉堡下来。海鸥从海滩边的树上弹出，划出浅浅的抛物线，巡视海面。沙蝇在我脚边打转。我经过一大片被焚烧过的秸秆，一处沙滩篝火的残存，眼前是两个黑色的木船坞，门窗都封住了。我继续走，翻过几块岩石，我的脚滑了一下，手掌侧被一块锋利的花岗岩划伤。伤口并不深，但血一直往外涌，我得包扎一下：回头看，沿着我的脚印，一串深红色的血点。

我在一棵栗树裸露的树根上坐了下来，裂开的栗子刺球散落在我身边的沙地上。我从背包里取了条轻便的围巾，把它紧紧地扎在手上。就在这时，一天里第三次，我感觉有人在窥视我。我四下张望，确证只我孤零零一人，我没受伤的手指插进了粉末般的细沙中。表面干燥细腻，底下却是紧密寒冷。

离开沙滩前，我看到一个奇怪的图腾，就在那条直上矮崖的陡峭的小径旁，从那里我可以绕去石墓。那是一段嵌在沙地中的桦树树干，因盐气的腐蚀白色的树皮大多脱落。树干中间伸出根枝杈，像条干瘪的臂膀。树枝末端挂着片残破的翠绿色的渔网。有人在树干的顶端缠了堆白色和黄色的绳子，让人联想到人的毛发，叫人头皮发麻。磨损了的绳尾随风起舞。头发下面是张粗糙的脸，入木三分，圆目方口，一脸的可憎和愚昧。它俯视着我所在的这片沙滩。我想，也许这就是我那神秘的窥视者，不由得怒从心中起。我捡起一截漂流木，照那图腾抡棒就砸，直到它碎成一地。

喘着粗气，我沿着小径攀上草地。远远地，在北面，我依稀看到一家人：女人、孩子、男人。他们渐行渐远。周围再无他人。唯一陪伴我的是绵羊，在通往石墓的斜坡上，它们彼此疏离，吃着草。

古迹旁立着块信息牌，像讲台一样倾斜着。“哈文史前石墓，距今五千年，一八四三年一场风暴后被发现。”我没有读下去，我等不及要自己来勘探这古迹。我沿着石墓四周嶙峋的界石绕了一圈，周围的草地生机盎然，修剪整齐，兔子的粪便随处可见。中心位置，一块巨大的板岩顶石盖在几块石头上，构成一个六英尺长，四英尺宽，三英尺高的墓室。墓室朝海的一面敞开着，像待哺的嘴。一只硕大的优红蛱蝶打着旋飞走了。我有种漂泊在外的轻盈感，一种随心所欲的欣喜和恐惧。没人知道我在这里。如果我没能回去，也没有人会知道。我感到一阵眩晕，伸出手想扶住什么。受伤的手触到界石，沾上一片灰色的苔藓。此时那种感觉掌控了我：一种强烈的冲动，一种需要，我要躺进这个墓室。我投入墓室张开的大口，躬下身，匍匐进入。

爬到墓室最深处，我翻过身。衣服被蹭了上去，露出的脊背贴在冰冷的墓室沙地上。一双脚还在墓室外，从足间望出去，我看到一栏绿色的草地和一抹灰色的大海。我仰面躺平，头轻陷沙土。面前顶石的底部，杂着墨黑色和铜红色的条纹。我伸出手，按在透着寒气的岩石上，掌心一片滑腻。

一种深深的疲惫沁入骨髓。我感觉石壁靠了过来，闭上眼。我听到了远处海的声音。眼前浮现一个洞口，从中涌出暗流。纪尧姆就在我旁边，我能感觉到他的身体近在咫尺。我又回到了十岁，回到了法国南部的假期。他比我年长几岁，是一帮本地孩子的带头大哥。他无所畏惧。在沙滩上他运筹帷幄，号令天下，入了水有如浪里白条。我觉得他是那样卓越，因此一收到他的召唤，立刻就成了他最忠心的马仔。我寸步不离地跟随着他，对于我的父母，这可真是个惊喜，他们终于得到解脱：我不再是他们的负累。

假期的最后一天，纪尧姆和其他孩子带我去看一个大山洞，需要游进去，山洞就在小海湾旁，那里基本就是我们的天下。洞穴的入口是一个浅浅的拱形。纪尧姆说，涨潮时，山洞会被水完全淹没。洞内，半明半暗间，我们的欢呼尖叫钟鸣一般，回荡不绝。洞口像一只燃烧的眼睛。粼粼的波光如金色的丝带一般，滑过我们头顶的石壁。

我的朋友们——我曾经以为的朋友们——把我带到洞内一个平台前，人可以坐在上面，把腿泡在水里。纪尧姆先自己爬上去，然后把我拉上去，让我坐在他的身边。其他人都待在水里。纪尧姆指给我看一条通往岩石深处的通道。他告诉我这将通往另一个山洞，其他人都没见过，他只想和我分享。指着岩石间狭窄的缝隙，他让我头前开路。我欣然领命，但没走几步我就只能侧身而行了，又在罅隙中挤了两下，我终于被彻底卡住了。我甚至无法转过头来求救，我向纪尧姆呼叫。我听到了他的嘲笑。然后就是身体跃入水中的声音，有人喊了声："别了，英国佬!"然后是更多的笑声，最后空空如也的洞穴中只留下水声回荡着。

我很无助。很长一段时间，我什么也没有做，只是哭。最终，绝望中，我抵着岩石前后扭动身躯。我感觉自己的皮肤撕裂了，却依然无法得到自由。我记得自己的每一击心跳，仿佛直接捶打在岩石上。我相信纪尧姆所说，涨潮后洞穴就将淹没。我确信自己行将溺毙。我看到自己的尸体卡在那里，头发在水中挥舞。现在躺在墓室中，困在石壁围起的狭窄空间内，那种必死无疑的感觉又回来了。

我睁开眼，看着上方的顶石。我很冷。下方的沙滩传来一波又一波浪花被击碎的声音。我在顶石和沙土间蠕动，把脚跟扎入土地企图撬动自己，但我无法动弹。生命似乎已经被挤出了躯壳。我闭上眼试着呼吸，感觉零星的雨点打在脸上。我望向墓室的入口，我看到一双腿——我的腿——似乎已经和墓室化为一体，摆在那里一动不动。有一个黑色的身影，很高很瘦。它背对着我，但我确信它看到了我。它像一堆破布，在风中丝丝缕缕地飞扬。海水击打着海岸。身影转了过来，但它并没有所谓的正面或背面——它的每一面都是空洞。我感觉一种冷酷而虚无的东西在碾压我。纪尧姆，他还是小男孩的模样，从墓室口溜了出去，跃入草地，草地似水般泛起涟漪。大地卷曲着涌起：绿色的地、灰色的海、银色的天，幻作一道光带，绕着我飞速旋转，我再次受困，被紧紧卡住，我奋力挣脱，皮肤随之剥落。

我在汽车旁发现了自己。我不记得是如何离开的石墓，也不知过去了多久。日头已经西沉。我头痛欲裂，站起身，跌跌撞撞地走到停车场边的灌木丛，呕吐。我吐了好久，直到一切都吐尽了，只有浓浓的胆汁灼着我的喉咙。黑影正在停车场蔓延。旁边原野中的一棵树，被群鸦染成了黑色。

我驾车穿越黑暗回到锡姆里斯港，收拾行李，登记离店。街道一如既往地寂静，像我来时一样。我驱车直奔马尔默，入住市中心的一家酒店。我走在最繁华喧闹的街道，在我能找到的最拥挤的酒吧吃了晚餐，直到它打烊，别无选择的我才回到酒店。淋浴的清水流经我的身体，变成携着沙子的污水。我坐在床上，电视里播着 BBC 的新闻。即使开着灯，即使被这一室舒适而丑陋的现代化围绕着，我仍要竭尽全力才能保持冷静。我告诉自己我只是累坏了。准备论文让我太过焦虑，而这篇凝聚了我几个月心血的论文，最终还是被误解了。我需要休息，需要好好睡一觉。

醒来时我感觉潮湿的岩石依旧挤压着我的脸，从下方的沙滩传来海的叹息，它越发地响亮了。再次醒来是因为嘈杂的电视和刺眼的灯光。我躺在床上揉着胸，我又感到了在法国最终挣脱钳制后的疼痛。我告诉母亲我爬山时摔着了。就算明知我在撒谎，她也不会在乎到逼问我实情。我从没说起这件事，最终我忘记了它曾经发生过。

回到伦敦，我忙着准备讲座，回复邮件，支付账单：忙得团团转，好让我从那段离奇的往事中抽离出来。但是石墓总在那里，时隐时现，像一扇我不想叩开的门，而当我的手指触到这个橡子时，就像把钥匙插入了锁眼。现在闭上眼，我就会看到那个墓室，虚位以待。当我入睡，就会感觉自己被纳入了石壁。生命中有一些时刻，我们会体味到死亡。如果我们足够幸运，我们会遗忘这样的时刻，但是我的好运已经用完了。

奔 跑

从瑞典哥德堡开往农舍的漫漫长路上，古妮拉告诉大卫那房子闹鬼。她打电话确认预订时，房东告诉她的。“他之前也不信，”她说，“但是人们总是告诉他，东西会无故消失，或者被挪动。”

“吵闹鬼，”大卫阴恻恻地说，“或者是清洁工。”雨打在挡风玻璃上噼啪作响。

“他以为我会很兴奋，”古妮拉说，随着收音机里传出的歌声，用掌根轻击着方向盘，“但谁会想和一个乱丢自己东西的人——鬼——同居一室呢？”

“没有人喜欢改变。”大卫说。

“你总这么说。”

大卫微笑着望向右边，一条长长的林荫道通往一座刷着白色和黄色的大宅子。不知怎么地，这房子像是蹲着，仿佛他们一离开，它就会站起身来，大步走开。

“嘿，”他突然说，“也许战时，这农庄里发生过暴行，而且——”

“打住。”古妮拉用手在他们之间隔出堵墙，“鬼魂我还能接受，但是你那没完没了的纳粹，我可受不了了。”

停车休息时他俩换了座。古妮拉睡着了，经过滚滚的原野时，大卫好奇，不知七十年前的景象和现在是否大相径庭。产生这样的联想不只是因为他正在读一本关于斯大林格勒的书。事实上在欧洲大陆的任何地方，他总会想到战争。无论是在老城广场吃中饭，还是穿过铁路，抑或经过任何工厂，他总会想起纳粹。电车系统让他想起纳粹；自行车让他想起纳粹；高山公路，静寂森林——尤其是静寂森林——都让他想起纳粹。他无法摆脱那种震惊，一个普通的十字路口曾是战场，一个公园曾死尸如山，一个市政厅曾是一个营甚至一个师的指挥部。所有这些地方突然从一种东西转变成另一种东西，而且两种存在都如他手中的方向盘一样真实。

他们终于到达，农舍是一个狭长的建筑，被高大的篱笆树和马路隔开，大卫说这么大的房子就算闹鬼，估计他们也撞不见一个。日头正在西沉，从露台望出去，往东几英里，邻村锡姆里斯港的建筑群被笼罩在红色暮光中。望不见的更远处，是海。

*

这房子他们租了一周。古妮拉的母亲和继父原本也是要来的，但是古妮拉一到哥德堡就和他们吵了起来。大卫很想见古妮拉的家人，他们相识一年以来，她很少提及他们，就算提起也总是吞吞吐吐，因此当她提议这次返乡之旅时，他喜出望外。可结果在她父母家，大卫大多数时间都打发在了花园角落的长椅上，抽烟，读与斯大林格勒相关的书。古妮拉和她母亲的声音从窗口传出，像是突突开火的机关枪。

他对古妮拉的了解是支离破碎的。她从没真正认识过自己的父亲；她最早的记忆是两岁时落在一片万寿菊花海中，自此她就爱上了这种花的气味；昂贵的餐厅令她抓狂；泡热水澡让她忧郁；戴墨镜，她坚称，会影响她的听力。大卫想进一步了解她，她却说他太贪婪。他从没见过像她这样独立的人。当她离开房间时，也许是五分钟，也许是三小时，也许是永远。

听着她们争辩了近一个小时后，大卫走进屋。他想劝古妮拉离开，但是这两个女人摆出的架势，让他一语未发就又撤回了花园。他早就知道，古妮拉一旦开战就会勇往直前，现在他总算明白这种战斗精神是从哪里来的了。他们也曾大吵过几次，不过只有一次，他真的以为他们完了，她离开了他。她离家出走，两日未归。当她回来时，她没提她去了哪里。那晚他们肩并肩坐在沙发上，吃着外卖喝着红酒，他试着开个玩笑活跃气氛："有那么一阵，我以为你不会回来了。"

"有那么一阵，我真没打算回来。"说话时，目光都没从电视上移开。

不知什么时候，天暗了，激烈的争吵声听上去变得低沉但更伤人，佩尔，古妮拉的继父走过来，在大卫身边坐下。佩尔只会点简单的英语，大卫完全不会瑞典语。大卫点点头，佩尔笑了笑。窗户开着，黄色的光柱穿过草坪来到他们面前，像一座跨海大桥。

大卫冲着房子的方向挥了挥手中的烟。“很生气。”他说。

佩尔看着房子，嘴角挂了丝微笑，宽阔的胸前双臂紧抱。“不开心。”他说。他们就这样坐着，听着争吵，一列火车呼啸着划破黑夜。几分钟后，佩尔站起身，伸伸腰，用手拍拍肚皮。他看着大卫笑了，而后耸耸肩。“这不是第一次了，”他说，“明天你们就要走了。”他穿过花园进屋去了。

*

一条蜿蜒的马路穿过他们所在的村庄，大卫本以为每天没几辆车会从这里经过，不曾想从这里驶上高速的汽车竟是川流不息。他们出门走走看看，去了村子尽头矮坡上的一座教堂。教堂墓地的四周，矗立着一排被截去了树梢的椤树。这些被大肆修剪过的树木，像被从土中拔出来，然后又倒着栽了下去，萎缩的根抓向空中。树木围着的是盒子般低矮的篱笆，圈出一块块四四方方的家族墓地，翻整过的土地上长出一座座尖碑和墓石。教堂的墙壁白得耀眼，屋顶覆着红瓦。挑高的窗户镶着普通玻璃，大卫向内张望，他欣赏这俭约的路德式装修：一排排极简的木制长椅对着朴素的祭坛。比较起来圣公会教堂都显得堂皇，更不用说他孩提时见惯的浮华的天主教教堂了。

他们围着教堂转了一圈，穿过墓园，时不时停下来看看墓石。墓园的尽头是一片原野，他们找到张长椅和低矮的石桌。他们拿出三明治和一壶热咖啡。

“在墓园野餐感觉有些奇怪啊。”大卫说。

“在死亡中，活着。”古妮拉说。

大卫开始纠正她，但她的神情向他宣告，她说得没错。他们喝着咖啡。“你还没告诉我，你和你妈到底为什么起争执。”大卫说。

古妮拉望向原野。她沉默了一阵：“还是那些事，吵了一辈子了。”她听上去很累。

“因为你爸爸？”古妮拉还在蹒跚学步时，他离家出走了，大卫听得多了也就琢磨出来了，古妮拉认为这是她妈妈的错。从那以后她就再没收到他的音讯。“没关系，”见古妮拉没作声，大卫接着说，“你不必——”

“不是，”古妮拉说，“也是。不同意，同意，相当同意。”她挥手赶走桌上的一只苍蝇，也以同样的姿态结束了对话。大卫闷闷不乐地倒向椅背。他告诉自己他不介意。有时他觉得她总有一天会接受他，他只要耐心些。然而，这样的状况却是越发频繁。

他们往回走，穿过墓园，两人步伐快慢不同，眼里看到的也不同。大卫读着墓碑上的人名，想弄清楚那些文字的意思。年轻的死者让他抑郁，年老的死者也让他忧闷。他看着一块黄沙色的墓碑，上面写着“弗雷德里克·古斯塔夫森，1918—1972”。战争期间他在做什么呢？大卫猜测着。也许在这闭塞的荒蛮之地，他的生活并没受到战争的影响。可是他的家人在哪里呢？这块墓地只矗立了这一块碑，这块碑上只有他一个人的名字。也许他的家人都是火葬，又或许他根本就没有家人，他自己买了石碑，告诉石匠要刻些什么。大卫转身走开，踢了踢地上的土。

在墓园的北边他追上古妮拉，她正盯着邻近的田野。田地荒着，草有几英尺高了。一群乌鸦在头顶聒噪，还有一只躲在草丛里，也不甘寂寞地喊了几嗓子。

“它们嗓门儿真大。”大卫说，和古妮拉离了几英尺的距离。她吓了一跳。“对不起，”他说，“我不是故意吓你的。”

“我就知道你在这儿；我就知道你在我背后。”她看了看他，又扭回头。她把一绺头发别到耳后，他看到她手臂上的皮肤起了些小斑点。她露出傻笑，四下查看，不过这次她在开玩笑。

天气越来越热。回到家，古妮拉进屋躺下。大卫想接着读他的书，书中的屠杀已经泛滥得叫人麻木，但他定不下心来。在农舍里换了三个地方，他终于放弃了。他漫步穿过花园，在房前踱着步。烈日炙烤着他。农场的院子砾石遍地、杂草丛生，两侧有两间宽大而低矮的谷仓，他把头伸进其中一间。里面的空气干燥，散发出一股柏油味，谷仓里空空荡荡的，只放了些锈迹斑斑、腐朽不堪的工具。大卫穿过院子，走进另一间谷仓，墙上钉着挂钩，挂着大袋子。一张瑞典文和英文的双语海报，介绍了各种不同的垃圾应该送往何处回收。他退至屋外，绕着谷仓转了一圈。茂密的大树将农舍与马路隔开，在这道篱笆树和谷仓的白色后墙之间，有一小片白杨林。树木间一片阴凉。忽地，一阵劲风，吹得树叶哗哗作响。大卫躺在草地上，看着树叶将天空分割成流动的蓝色碎片。风力转强，树叶的哗哗声变成了金属的嗞嗞声。他听到篱笆另一边汽车呼啸而过，一波波疾驰的声浪，伴着节奏缓慢却更为尖锐的风声。他闭上眼，看到了落在眼皮上的摇曳的阳光。

*

从下午直到晚上，古妮拉一直在睡。大卫十点左右上床，醒来时快七点了，她依然安安静静地躺在他身边。他不知道她是一直在睡，还是半夜已经起来过了。他洗好澡，穿好衣服。在露台他一边吃着燕麦酸奶，一边盯着书本封面上的断垣残壁出神，百无聊赖地思考着战争。

古妮拉可没有这个爱好。每当他拿起本历史题材的书籍或是小说，她总会摇摇头，他逐渐意识到，那表情里满是厌恶。刚认识的时候，他试图向她解释其中的乐趣，却只招来她带着愤怒的嘲笑。有一次她说起祖父，那是她鲜有地提及家人，老人家回忆童年，说德国兵是如何整洁而礼貌。

大卫望向原野，想象中坦克履带轰隆隆地碾压着道路。在他身后的农家小院，一群奋力抵抗的士兵被击中，他们的尸体被埋在了这片白杨林中。“吵闹鬼啊，吵闹鬼，”他心说，“谁能给你们报仇呢？”也许她是对的，他想，也许是我太孩子气。他闭上眼，感受着太阳的热力。

他醒过来。太阳高悬空中。“古妮拉？”他叫道。他望向锡姆里斯港方向那片空旷的乡村，望向草坪尽头那条杂草丛生的小径。他走进屋，呼喊她的名字。他感觉头重脚轻。他睡了多久？沾着酸奶的碗放在洗碗池中。古妮拉的手机放在操作台上。

他找遍了每一个房间，空无一人。他用手掌拍了拍大腿根，告诉自己一切依旧安好。他按捺住自己的冲动，不去检查她的衣物是否还在衣橱中。“古妮拉！”他向着寂静呼喊。

他再次走出家门，浮云蔽日，在原野上投下一抹阴影，向他袭来，这时他看到了从小径上归来的古妮拉。一阵风吹来，压倒了她身边高高的野草。那一瞬，她仿佛深陷狂野的绿色海洋，一股黑浪将她推向他。她手中握着一束野花，用树枝做了拐杖。她发现了望着自己的大卫，便举起拐杖示意问候。

“准备好探险了吗？”她一踏进露台便问，“我们出发吧。”

*

他们在乡间走了好久，找到一间供应蛋糕自助餐的咖啡馆。“你想去拿多少次都可以的，你知道吧。”古妮拉一边盯着大卫盘子上摇摇欲坠的蛋糕，一边问。

“我还会去的。”大卫笑着答道。他们坐在阳光普照的庭院中。花坛中，蛞蝓在宽阔的叶面上滑行。旁边坐了一大群老年游客，还有一对徒步旅行者，脚边放着巨大的古铜色背包，上面还钉了面加拿大国旗。所有的服务员清一色都是五六十岁的妇人，穿着白衬衫，及膝的黑色半裙和深色丝袜。大卫的脑中浮现出一桌的德国军官，喝着白兰地，抽着烟。

“你在想什么呢？”古妮拉问道，吹了吹咖啡。

“没什么，”大卫说，“这些蛞蝓一定都是糖尿病患者。”他盯着一只长长的棕色蛞蝓，爬上一大片蛋糕碎屑。

“骗人。”古妮拉说，她笑容一僵，“多半又是满脑子的士兵。你那愚蠢的战争没在这里打响，你知道的。”

“可是，”大卫没能止住自己的话头，“直到一九四三年中期，瑞典政府都是允许纳粹国防军通过铁路出入挪威的。要不然你的祖父怎么有可能爱上他们呢？”

古妮拉没好气地哼了一声，从身上弹开一片蛋糕碎屑。“你真他妈的无聊。”她说。

大卫的脸抽了抽。“这话真伤人。”他说。她没回应，他也没吭声。和她妈妈的争吵大概真是伤到她了。他决定再给她点时间缓一缓。

就在这样的沉默中，他们沿着一条狭窄的绿意盎然的小径走到一片狭长的海滩。面前的高地上有三间茅草小屋，渔夫之家，其中一间被改建成了小教堂。小屋大约只有一人高，狭小而低矮的室内，有一个架子，上面堆满了游客摆放的鹅卵石。在简陋的祭坛上方，在一片片的浮木上，有孩子们画的耶稣、马利亚和渔船。大卫关上身后小教堂的门，独自站立在寂静中，空气中悬浮着微尘。石板地面上，沙子如静脉般纵横。海浪声也退去了远方。虽然他早就不信教了，但身处这个神圣安宁的空间，尤其像这样一个隐秘的所在，他依旧找到了安慰。他的手指抚过这些鹅卵石，其中一些还标着名字和日期：安德森 2014 年 7 月；埃里克·帕纳比；玛丽和约翰·卡特赖特，英格兰，12/07/12。他拿起一块手掌大小的鹅卵石，光滑呈鸽灰色。他想起佩尔在哥德堡对他说的话。他把手中的鹅卵石放回架子上，听到自己说："别让她离开。"话刚出口，他就感到了羞愧。他没有说过这话。他不会记得这话。他的手扫过台面，鹅卵石应声落地。

*

那天晚上，他们做了烤鳕鱼，在露台上配着沙拉享用。排成长方形的香茅蜡烛，摇曳的火光拥着他们。他们被浓浓的夜色包围，远处锡姆里斯港璀璨的灯光更衬出了这里的黑。

“在这里生活会寂寞吗？”大卫问。

“我一个人吗？”古妮拉说，“大概会。”

为什么就她一个人？他暗想，“如果有人陪是不是就不会了呢？”

古妮拉挥了挥手，大卫觉得这个动作似乎有着什么含义。房子里的电话响了。他们的手机铃声一样，而且都放在了屋内。

“由它去吧，”大卫说，“我不想和任何人通话。”但古妮拉已经起身。大卫看着她进屋，快速穿过起居室，从厨房的操作台上拿起手机。她提高了调门，不知是出于惊讶还是喜悦。不管是什么缘由吧，这和他自打咖啡馆所听到的一成不变的音调，判若两人。她边聊，边往里走。他看着她的白 T 恤渐渐隐入从起居室通往里屋的黑洞洞的走廊。饭没吃完，大卫把餐具扔到盘子上，点了支烟。他想知道她在和谁通话，他恨自己的一无所知。他想质问她，但也知道她一定会让他觉得为一个电话生气是多么愚蠢。现在的他就是这样一个人吗？她和朋友讲个电话都不行吗？他抽完一支烟，将烟蒂弃在草坪上，又燃起一支。一个小时过去了，古妮拉还没回来，他进屋打开电视。

*

第二天早上他们出去跑步。很快他们就把村庄甩在了身后，爬上了一个长长的缓坡。在山顶，一条路分作两个方向。他们想从一条路跑过去，再绕到另一条路上跑回来。

这天很潮湿，灰色天空和暗绿田野之间的空气被挤压得黏稠厚实。路上他们遇见一名身着制服的男子，正检查拖拉机。太阳好不容易突破重围，却又被拖了回去，关在云后。路的转弯口有株枯死的花楸树，浑身上下挂满了常春藤。大卫指着它。

“他们在自家墓地种这种树，”他气喘吁吁地说，“这种树能让死者老老实实地待在坟墓里。”

古妮拉点点头但没搭话。她正在看手机上的地图。她转入一条泥路，大卫跟随着。潮湿闷热的空气像团棉花堵着他的口。他们跑上了一座古老农舍的车道，农舍的墙体是灰色的露明木架结构，三面对着一个庭院，一座喷泉池空空如也。大卫在古妮拉身边停了下来。“这路对吗？”他问。

她挥着手机，像在写数字“8”。“这信号。”她嘀咕。

他们的一边是绿色的麦田。庄稼蓬勃的嫩芽，让人感觉一丝薄雾缠绕其间。远处是一组风力涡轮机，它们长长的叶片缓缓转动。

“我们走错了，”古妮拉说，“往这边。”她开始沿着来时的路往回跑。他们再次经过农舍，然后右转进入一个貌似私家花园的地方。一只狗向他们跑来，他们听到一位妇人的叫声。他们停了下来。大卫向那只结实的黑色拉布拉多犬弯下了腰，好像它就要扑向他的怀中一样。他挠了挠它的头颈。那妇人说了些什么，大卫猜那是瑞典语，但古妮拉用英语作答。

“这是私人领地。”妇人说。狗离开大卫往回走，打了个喷嚏。

“祝你健康。”大卫本能地说道。他望向那个妇人。她很矮，皮肤晒得黝黑，一张脸瘦骨嶙峋。她比古妮拉矮了一英尺，比他矮了一英尺半。

“你们不可以在这里跑步。”她说。她的语速很快。大卫觉得她听上去倒像是爱尔兰人。

“我们以为这是条公共道路。”古妮拉说。

“你们看得到的呀，这是我的花园。”妇人一边说，一边伸出一只胳膊，僵硬地比画着她的草坪，“它有可能会攻击你们的。现在没事了，小辣椒。”她对着躺在地上的狗嘟囔着。狗喘着气，怡然自得，两条后腿撇在一边。一阵微风袭来，花园后的麦田翻起麦浪。

“对不起，”古妮拉说，“我不知道我们闯了民宅。”她听上去有些恼火。她给妇人看她的手机：“我们要去那儿。”她指着那条可以完成他们的圆，并绕回农舍的路。

妇人伸出根手指，指向花园的尽头，那里的栅栏上有个缺口，通往一条小径。“那边，”她说，“去吧。”

他们穿过花园时，小辣椒就在他们之间跑来跑去撒欢，甩着伸出的舌头。

“友好的女士。”大卫说。

“丹麦婊子。”古妮拉边说，边用二头肌拭着额头的汗。

他们跑在一条崎岖的小路上，穿过两片广阔的绿色麦田。大卫的目光越过田野，望向远处的涡轮机。他想象自己可以听见那些巨大的刀片划破长空，发出恐怖而不朽的声音。他想和古妮拉谈谈，但是他想不出任何她能听进去的话。他们奔跑的速度不同，一个刚赶上，一个又跑远了。

他们重回正路，继续在一望无际的麦田中穿行。左边是新绿色，右边是暗金色。一朵朵云掠过太阳，在麦田投下一汪汪的阴影。大卫看到地上两道粗粗的黑色刹车划痕，长约五十英尺，在最黑的地方戛然而止。他好奇这司机当时想避让什么，他成功了吗？

他们之间本就已经拉开了一段距离，大卫又进一步扩大了这段距离。他催动自己疲惫不堪的双腿跑得再快些。爆发过后，他停了下来，呼吸灼着他的胸膛。他弯下腰，双手撑着膝盖，大口大口地喘息着。他吐了口口水。血液在太阳穴跳动，然后涌上他的视线，令他脚下的柏油路也蠕动起来。他又吐了口口水。

待到视线再次清明，他听到一阵婉转的鸣叫萦绕着他，一长串的旋律从天而降。他站直身子，手撑着腰，依旧喘着粗气，他看到一只云雀在上方盘旋。它交替着拍打双翅，急促的歌声连绵不绝。它忽然向着地面急坠——像架俯冲式轰炸机，大卫暗想——然后又从地面骤然攀升，飞走了。

他望向田野。风吹过，小麦一边倒，像被无数只手搜着身。他转过身，等着古妮拉跑过来，但他看到她依旧远远地站在路中间。他挥了挥手，但她没有回应，只是怔怔地望向他。一辆黑色小汽车从她身后的路口拐了出来，放慢速度，停下。她转过身，靠在车门上。她说着什么，但离得太远了，大卫不可能听到。挡风玻璃上布满了太阳的反射光，他看不到是谁坐在车内。

他很清楚接下来会发生什么。他向古妮拉迈出一步，微小而徒劳，此时她站直身子，打开车门，钻了进去。倒车，干净利落，车头划了个半圆，开走了。大卫跑了几步，停了下来。他又跑了几步，又停了下来。汽车在路口拐了弯，从视线中消失了，汽车的引擎声越来越弱，直到完全听不见。他等着它折返。太阳熄灭了，风也消亡了。远处的涡轮机，它们的叶片也静止了。

大卫跑回农舍车道，期望在那里看到那辆车，期望古妮拉和她的神秘友人正用啤酒等候着他的归来，并向他解释：这只是个玩笑。但是院里没车，屋里也没人。他的电话在厨房操作台上。他拿起电话拨打她的号码，电话直接被转入了语音信箱。听到她的语音，一阵恐慌攥住了他的胃。他走进他们的卧室，她的东西都不见了。也许这里真的有鬼，他想，它带走了她的东西，它带走了她。

他走出屋，立在院子里，双手放在头顶。他凝望灰色的天空。风搅动着。经过空荡荡的谷仓，他来到白杨林。风吹过树林，树叶如大海般哗哗作响，树枝吱吱嘎嘎。篱笆树的另一边传来湍急的车流声。他躺在凉凉的草地上，树枝在他上方像手一样挥舞着。明天他就会离开，不留痕迹。他听着从身边驶过的汽车，没有一辆愿意放慢速度，调转方向。

门

我去巴黎见一位名叫莫妮卡的女孩。此行我终身难忘。她是位来自西班牙的舞者。我在巴塞罗那的一场婚礼上认识了她，那个婚礼上我唯一认识的人就是新郎。莫妮卡和我还有她的男友维克多，我们相处得很好。我们喝了很多，也聊了很多，我和维克多轮流邀请莫妮卡跳舞。

我们在脸书上互加了好友，但并不经常联络。然而，婚礼过去一年后，莫妮卡发了个消息给我，说她要来巴黎访友。她和维克多分手了，她说，她想见我。“我真心喜欢在婚礼上和你一起度过的时光。”她写道。当天我就买了欧洲之星的车票。

第一晚，我们过得很轻松，在塞纳河畔的一家馆子吃晚餐。从这家餐馆看不到塞纳河，但能看到沿河的石栏，一大片淡紫色的天空，一道车流。莫妮卡，我，塔尼斯，她就是莫妮卡这次专程来看望的儿时好友，还有塔尼斯的法国男友亚历克斯，这家伙比较混蛋。塔尼斯很健谈，但他总是打断她。

“塔尼斯，”他会说，这名字从他嘴里读出来像是“网球”，“塔尼斯，别把我们的客人累坏了。他可是刚刚才到我们的城市。”

或者——“塔尼斯，塔尼斯，你不要那么……伊比利亚。”看着我的眼神，就好像他是奥斯卡·王尔德。

但对他我什么也没说。毕竟，我其实根本就不认识他们。

“亚历克斯一直就是这么个混球吗？”在河边散步时，我问莫妮卡。塔尼斯和亚历克斯在我们前面走。

她用双手捂着脸，闷哼一声：“就是！总是！我非常喜欢塔尼斯，但是她的男友却……很烂。不过你不能和她说。你试试，结果就是——”她用手指堵上耳朵，摇着头。我们停下脚步，等待车流中的空隙。塔尼斯和亚历克斯已经在马路的另一边。

“好男人都去哪儿了，斯蒂芬？”莫妮卡抬头望着我说，乌亮的鬈发下，是一对绿色的大眼睛。她说这话的样子像是在引经据典，而我应该接下一句台词。

“等我找到了，一定告诉你。”我说。话一出口我就后悔了，真希望自己说了些别的什么。我不够聪明，其实当时我说什么都行。那种情境下，说什么根本就不重要。

*

第二天早上我在旅馆小得可怜的餐厅吃早餐，其他人都是一身商务装。随后我去和莫妮卡碰头。我们乘地铁北上，前往可尼古尔的跳蚤市场。前一天晚餐时塔尼斯向我们提起过这个市场。那地方就像《银翼杀手》！她说，或者《勇破雷电堡》！

从地铁出来，走上环城大道的水泥天桥，下方是汹涌的车流。桥的另一头就是跳蚤市场：杂乱无章的摊位售卖着手提包，高高的货架上油光锃亮的皮衣层层叠叠，鳞片一般挂着。小贩们卖着手机壳、毛绒玩具、假冒箱包、棒球帽、篮球衫、跑步鞋、太阳镜、手机卡。挂在遮阳篷上的喇叭播放着嘻哈音乐和阿拉伯流行歌曲，炸蔬菜饼的油锅中升腾出油腻的烟气。

墙上开了道门。这道门仿佛一道穿越门：穿过这扇门，所有的嘈杂喧闹都被置于身后，我们走入一条窄巷，墙壁上爬满了常春藤。“这里倒像普罗旺斯。”莫妮卡说。这里的商贩不摆摊，而是窝在车库般的棚内。他们大多卖着古董，一堆杂乱的家具摆放在狭窄的人行道上：金属花园座椅，学校课桌椅，还有伤痕累累的餐桌。莫妮卡在一张躺椅边停下脚步，上面摆了组瓷兔子，它们身下的白色织物仿佛一片雪地。旁边一个男人慵懒地靠在破旧的皮革扶手椅中，读着报。他身后的墙上，爬着条打了结的老藤，隐入一团三角形的绿叶中。长长的卷须像蛇一样从叶片中抽出。

“这是什么树？”我问莫妮卡。摊主放低报纸，打量了我们一番，又继续读他的报。

“在西班牙我们叫它紫藤（glicinas）。”她说。

“Glee-thee-nass。”我跟着读道。

“是的，glicinas。”

“法语是‘glycine’。”男人说，他再次放低报纸，顿了顿，“非卖品。”

我们坐地铁回了城。在巴黎大堂站下车，穿过玛黑区的鹅卵石街道，经过一家家小画廊和高级服装店。我们似乎已经融入了彼此的节奏，我们越发频繁地触碰到对方——我的手落在了她的肩上，当她指点物件时，她的手也会抚上我的背或者臂膀。感觉很舒服。

最后我们躺在一片宁静的广场草地上，周围环绕着古老的石头拱廊。莫妮卡的脸和我离得如此近，我都能感觉到她的呼吸。旁边一个女孩盘了腿，拉着小提琴。吱吱呀呀的琴声真是场灾难，但女孩一脸的专注和认真，似乎这首曲子本就该是这样。

莫妮卡告诉我，她们公司正在筹备一个以枪支为题的抽象作品。“枪很性感。”她说，“也许这听上去很傻，但真是这样。每个人都会说美国，美国才为枪疯狂。但是瞧瞧我们一直在看的故事。都是关于枪的。我们热爱枪的戏码。”

“但是性感？你说真的？”

“当然！你开过枪吗？”

“没有。”

“我开过。感觉超性感。”她笑了，“我听起来很法西斯吧！”她穿了条黑色的阔腿裤，一边说话一边分阶段地抬高又放低右腿：先是点地，然后呈四十五度，再呈九十度，当腿抬高时，裤腿落了下来，堆在膝盖处。当她转动脚时，我看到她的小腿肌肉绷紧，放松，又再绷紧。

“你不是法西斯。”我说。

“嘴巴真甜。”她说，然后又笑了。

我注视着她眼中那抹明亮的绿色。它们闪烁的样子，让我几乎难以自持。我翻过身，望着乳白色的天空。我抓住了她的手。汗津津的。一个小男孩和一个小女孩在我们周围跑着笑着，彼此追逐着。我闭上眼。听着他们嬉闹，还有小提琴动物垂死般的哀号，我竟睡着了。

我一定只睡了一分钟。当我睁开眼时，莫妮卡也睡着了。她的手还留在我的掌心。我研究着她睫毛上的睫毛膏屑，嘴唇上的细褶。她的嘴唇丰满得叫人难以置信。当她睁开眼时，我翻过身打了个哈欠，假装刚刚醒来。

“我们该走了。”我说着便放开了她的手。

“为什么？”

我转过身看着她。她注视着我，身体微转，背部着地。这是一个邀请，但我犹豫了。千里迢迢赶来这正是我的终点，但现在我却无法逾越这最后的几厘米。重回当初！仿佛站在那扇我曾寻觅已久的门前，偏在这个当口，我无法伸手扭动把手。

“我们该回去了。”我说。那天晚上还有场派对。我们站起身，拍去衣服上沾着的枯草。走去地铁站时，莫妮卡一路无语。当我说我想走回旅馆时，她只是耸了耸肩。走到地铁口，我说："待会见。"

她只是点点头，用手指做出电话的形状。她沿着楼梯走下地道，头也不回地说道："我打电话给你。"

*

洗完澡，躺在床上，我抽了支烟，看着新闻。一架飞机在地中海坠毁：开阔的海面上漂浮着一片尾翼，周围散落着一些残骸。影像是从直升机上拍摄的，几艘小船正围着打转。报道又将镜头切换到机场里悲泣的家属。空难的概率微乎其微，但偏偏就发生在了他们身上。还有些幸运的混蛋睡过了头，错过了飞机。我关了电视。想到莫妮卡，我不禁满怀期待。下午是我搞砸了，但下一次我不会再犹豫。

*

派对是在晚上七点，我们先去肖蒙山丘公园对面的一个公寓里喝些酒。公寓在一栋老房子的十五楼，没有电梯。楼梯间的灯安了计时器，设置得如此吝啬，我们根本无法在它熄灭前走完一个楼层，只能在黑暗中摸索下一个橙色圆点。卡米尔，一个法国姑娘，塔尼斯的同事，住在这里，她还有两个男室友，米歇尔和阿兰。屋里音乐震耳欲聋，卡米尔和阿兰正在调制伏特加鸡尾酒。每个人都在抽烟，尽管屋子里两扇狭长的窗户终日都开着，这个房间——狭小的厨房起居室——还是烟雾缭绕。

米歇尔对莫妮卡说话的样子，显然是想占有她，全当我不存在。我们本在用英语交谈——因为无法说他的母语，我表达了歉意——但他还在用法语向莫妮卡问东问西。

“是的。”莫妮卡说完转向我，“米歇尔问我是不是个舞者。”“记住，”她对米歇尔说，“斯蒂芬不会说法语。”

“当然！”米歇尔边说边把头向我歪了歪，“那我们都讲他的母语。”他又转向莫妮卡，“你们舞蹈演员必须非常注意身体。”他边说边上上下下打量莫妮卡。

“哦，是的，非常注意。”莫妮卡一边笑着应承，一边摇着酒杯和香烟做出反证，“你们健身吗？”她问道，“你俩的体型都很好。”

“自行车，”米歇尔连忙答道，“我到处骑自行车。还有游泳。一个星期好几次。”

看得出，他身体不错。不过在我看来——没有肌肉，皮包骨——莫妮卡只是客气罢了。

“再讲些你们跳舞的事吧，”米歇尔边说边把脸往莫妮卡的脸上贴，“我热爱舞蹈。”

我给自己倒了杯酒，又点了支烟，在想象中把米歇尔一把推出窗外。

下楼时我们的声音在楼梯间回荡。每走一层黑暗总会吞没我们几秒钟，直到带路的卡米尔或是阿兰按下下一个开关。走在我前面的是莫妮卡和塔尼斯，两人相谈甚欢。

半路上，黑暗再次袭来时，一只手握住我的脸，一双唇按在了我的唇上。灯亮起时，莫妮卡就在那儿，朝着我笑。她转身向前跑，去追塔尼斯。

*

那是个温暖的夜，公寓楼的庭院，那可是夹在高楼间的一方宝地，挤满了人。派对没说要变装，但好多人都扮成了电影里的角色或是历史上的人物。一位马歇·马叟，涂了白脸，一边的面颊上还垂了几滴黑色的泪，上下打量我，然后用法语说了些什么。

“英语？”我用法语问道。

“你不愿意变装吗？”

“我不知道有这个要求。”

这让他看上去很沮丧，不过反正无论发生什么，他看上去都是一脸的沮丧。

我和卡米尔还有阿兰走散了；幸运的是，米歇尔也不见了踪影。我和莫妮卡还有塔尼斯一起进去，在厨房的一个角落安顿下来。路上我们买了伏特加，在杂乱的柜台上我们找到一些杯子和一瓶汤力水，还有一袋立在融水中的冰块。当时我已经喝了几杯酒，感觉还不错，这也就是为什么我会对塔尼斯说，她该找个比亚历克斯好点的男人，那家伙是个恶霸兼笨蛋。她困惑了一阵子，然后就怒了。

“他是……事情不是那么简单。”她说。莫妮卡用西班牙语安慰了她几句，塔尼斯耸了耸肩，但看上去还是很生气，伸手去抓伏特加酒瓶。莫妮卡看看我，又指指客厅，那里挤满了跳舞的人。

“我们什么时候去跳舞？”她问。

“我可不敢和专业人士共舞。”

“你在巴塞罗那和我跳过舞。”她说，“而且这个‘专业人士’，”她用手圈出这个词，“已经醉了。”

我去了趟洗手间，回来时她们正和一个名叫盖伊的人说话。他是英国人，住在巴黎，做模特，还做些他自称的“琐事”。他很兴奋等会儿要去见一些 DJ。他说我们也该一起去瞧瞧，我说当然，但莫妮卡和塔尼斯却说她们不能去。

“来嘛，”我说，一把揽住了莫妮卡的腰，“我们还可以跳舞，就像你想要的那样。”

“不行。”她笑着说，她的手搭在我的前臂上轻轻摇了一下，“我们得等亚历克斯。我们可以在这里跳舞。”

“我不喜欢这儿的音乐。让亚历克斯到俱乐部来找我们。”

“他不喜欢俱乐部。”塔尼斯说。

我只想离开。比起这所房子和这些对话，我更想要俱乐部的喧闹和黑暗。“别管亚历克斯了。”我说。让他自己乐去吧，我暗想。

塔尼斯和莫妮卡用西班牙语商量着。有一个两个词的短语塔尼斯重复了好几次，一次比一次强烈。“好吧。”莫妮卡说，她转向我，“我们答应过他，在这里碰头。我们打算在这里等。你和我们一起等吗？”

“俱乐部在哪里？”我问盖伊。我让他把地址告诉塔尼斯，并存在了她的手机中。我能看出对于我的离开，莫妮卡是多么惊讶，但她什么也没说。她的沮丧让我暗爽。现在想来这很可笑，但在当时，我很恼怒，她竟把那个傻瓜亚历克斯摆在了我的前面。我告诉她如果没在俱乐部见到她，明早我会打电话给她，一起吃早餐。我用手指做了个电话的形状，就走了。

*

“那是你女朋友吗？”我们刚走上街头，盖伊就问。

“不，”我说，“只是朋友。”

“她身材真好。”

听他这么说，我真想告诉盖伊，她就是我的女友，我俩正在热恋中。可我却只说：“她是舞蹈演员，她很棒。”

远离了派对，我的感觉越发地好起来。我俩都喝醉了，都喋喋不休。我们谈论节日，谈论喜欢的俱乐部，谈论用过的迷幻药。就周六的夜晚而言，街道似乎太过安静了些，不过我猜当时已经是周日凌晨了。这段路挺长，但我们从没想过搭个出租车或者找个公交。我们穿过一条隧道，经过一家工厂，走过一条湿漉漉的鹅卵石街道，这很奇怪——当天并没有下雨，但鹅卵石却是油光光的。我们经过一条街，旁边都是机械车间，金属百叶窗上满是涂鸦。我们穿过一扇门，来到一个小院，钻入一道矮门，门口守着保镖。俱乐部是间狭长的房间：闷热，喧闹，人山人海。墙壁上挂满了水珠。音乐是鼓点加贝斯：一记记的鼓声捶打着空气，贝斯的力道如此之大，整个房子都跟着震个没完。潮湿的空气如指尖划过我的脸庞。喝了这么多酒，盖伊又给了我一片药。“右旋安非他命。”他说。药劲不算大，但我还是明显有了感觉；我大口大口地灌着啤酒，一支接着一支地抽烟。

我们跳了很久的舞。几个小时以后，我看到莫妮卡和塔尼斯从拥挤的舞池中挤了过来。她们身后跟着亚历克斯，一副惨样，然后是米歇尔。莫妮卡见到我，抬了抬下巴，但脸上没有一丝笑，离我还有段距离就停了下来。她开始跳舞，她的身体如水一般。她真是不可思议；她没有踩着节拍，而是在节拍之间穿梭。一段刺耳的旋律传来，敲出一连串的碎拍，她的身体随之扭动，仿佛一股无形的力量拉扯着她。她挺着胸，两手相连，双臂似波浪般上升，从身前直至头顶。我看到米歇尔在她身后，双手伸向她的臀部。我停止了跳舞，呆若木鸡，被周围的人潮推搡着。莫妮卡的身体靠上了米歇尔。她的手攀上了他的颈，在这黑暗而拥挤的空间中，我与他们相距约十五英尺，服了药的我觉得，她抚着他的脖子的样子，真是无限温柔。我从人群中开出一条道。我要站到他们面前；我要看到莫妮卡脸上的羞愧。塔尼斯向我挥手，但我视若无睹。米歇尔在莫妮卡耳边低语。我走上前把手放在他的肩上，他甩开我的手，我撤回胳膊，一拳打在了他的脸上。我没怎么打过架，每次都是嘴硬手软。但，这次，是我最为干净利落的一击：米歇尔应声倒下，好像我令他彻底消失了一般。我们周围瞬间空开一块。莫妮卡——此后我们再也没有见过面或说过话——看着我，好像她根本就不认识我。她确实从未认识我，我忽然意识到。我笑了。如此可笑又可悲。

“该走了。”盖伊拽着我的胳膊说。我看到两个保镖穿过舞池向我们走来。我们走到门口，他一把将我推入清晨的冷冽中，门卫从手机上抬起眼看了看我。我跑，跑不动了就走，一直走。我极度兴奋，同时却又抹着眼中的泪。我受到了挑战，我也直面了挑战，但现在我在做什么呢？我本该在旅馆房间，和莫妮卡在一起，而不是走在这灰蒙蒙空荡荡的街道。如果可以回到当初，我会告诉那个家伙，当你有机会的时候，打开面前每一扇门；因为机会并没有你想象的那么多。天空开始泛紫。我瑟瑟发抖，因为疲惫，因为肾上腺素，因为药效褪尽，不过行走总是好的。我真想就这样一直走下去。我的手火辣辣的，像在燃烧。当太阳破晓而出时，街道变成了金色的河流。

约翰尼·金德姆

“我不该开玩笑的，”安迪说，“医生说我快死了。我说：‘我需要其他意见。’他说：‘好吧，其他意见就是，你真丑。’”安迪把一块手帕盖在自己脸上，绝望地摇了摇头。“我走运了，”他说，“我和一个女孩做爱，但她忽然哭了起来。我问：‘我该停下吗？’她答：‘你已经开始了吗？’”安迪滔滔不绝，观众捧腹大笑。为求个好兆头，他的开场总是一模一样，一字不差；否则演出就会垮台。这不是金德姆最好笑的段子，却是他最爱讲的段子：简短，荒谬，充满了性的挫败感。“我和一个女孩交往，她非常爱我。‘你是独一无二的，约翰尼。你如此性感，约翰尼。’她就是我的梦中情人。”安迪耸耸肩，“但接着我就醒了。”他紧紧领带，扭扭肩。又是一阵哄堂大笑。

老年观众爱听那些“我很丑”的段子：“说到丑。我刚一落地，医生就给了我妈一巴掌。”单身派对上，关于妻子的笑话最受欢迎。他的妻子，西尔维亚，最讨厌单身派对。“整桶整桶的啤酒，脱衣舞女郎，还有那些……喷射的雄性激素。”她边说，边皱起鼻子，悲哀地缓缓地摇了摇头，

“丑态百出。”她轻轻托起他的下巴，目光锁定他，“你可给我放规矩些，小鬼。”

*

“我老婆很爱叫床。昨晚我忍无可忍，去邻居老王家投诉了。”此时的安迪在离家约四小时车程的纽约州锡拉丘兹市，面前约有三十个观众。这个笑话，还有其他所有安迪讲的笑话，都属于约翰尼·金德姆。他的一举一动一颦一笑也都是。“别人都拿我当烂泥巴。”他嘀咕着，攥紧的麦克风贴着胸膛，用一条皱巴巴的手帕擦着满脸的汗。他的身体总是焦虑地蜷着：不安的步伐忽前忽后，肩膀扭动，强迫症一般总去摸自己的领结。金德姆的角色设定是个废柴：淫荡，无能的失败者，老婆出轨，孩子讨嫌，霉运缠身。他闹的笑话总能让安迪开怀大笑，哪怕真的很蠢。

后台，漫着陈年啤酒味儿的小房间里，安迪收了钱。“真高兴能请到你，”经理说，“真没想到能亲眼看到约翰尼·金德姆的表演。”

“你没有。”安迪说。

*

安迪不喜欢为自己的表演下定义。他不承认自己是“模仿演员”，也不认为这是什么“致敬行为”，尽管他自己也知道差不多就是这样。不过在他承接演出的网站上，或是张贴在社区、学校、养老院公告栏的海报上，却是不能再羞羞答答的了：约翰尼·金德姆为您现场表演！安迪·托尔扮演约翰尼·金德姆：十分天才一分价！

安迪把自己打扮成金德姆的样子，说金德姆说过的段子，获取本属于金德姆的笑声和掌声。连他自己也没料到，邀约竟是不断。虽然赚的钱不够养家——那得靠西尔维亚的收入——但起码他也做出了自己的贡献。扮演金德姆本来只是权宜之计，好让他有时间创作自己的作品，但是他卡住了，堵死了。有时，不过现在已经越来越少了，西尔维亚问起他的进展，他总说："挺好。"然后转换话题。金德姆壮志未酬身先老。他事业失败，卖了十年的铝合金建材来养活妻子和孩子们。他一事无成，但四十岁那年，正是安迪现在的年纪，他重新开始，所有人都劝他放弃。安迪知道他卡住了，但他仍然觉得——当时他还能直面这件事——灵感总会来的。否极泰来。到那时，他就会彻底告别金德姆。

*

安迪在厨房往吐司上抹黄油。西尔维亚走进来，问他能不能载她去眼镜店。她的隐形眼镜用完了，她不喜欢戴着眼镜开车，因为眼镜总是顺着鼻子往下滑。有一次，她把眼镜推上去，说她总有一天会死于车祸："如果这样，你和孩子们该何去何从呢？"

“巴巴多斯岛？”

她没有笑。

“我们以前笑得更多。”他说。

“我们刚认识那会儿，你确实挺逗。”她的冷笑话，也太冷了些。

“我们刚认识那会儿，你一张臭脸。”他说，这次，她笑了，他松了口气。

他来美国原本只是度假。在伦敦时他的起点和其他人也差不多：开放麦克风，通常在酒吧的功能厅，或是潮湿的地下室，那些地方不是太冷就是太热，而且观众很少。但他最喜欢的喜剧演员都是美国人：艾伦，赖特，赫德伯格，排在第一位的就是金德姆，他十四岁那年一个朋友给了他一盘名为“无赖”的录音带，从此他就成了金德姆的铁杆粉丝。因此美国之行于他而言也是朝圣之旅。刚来一个星期，他就在布鲁克林的一间小型喜剧俱乐部，遇上了西尔维亚，一见面他就上前搭讪。那时的他自信满满，雄心勃勃，现在的他几乎都无法理解：他干劲十足，毫无顾虑。倒也不是他有多出众；最重要的是他有信念。在俱乐部里搭讪西尔维亚就是这样：想做，就做。成功就匍匐在他的脚下，他俯首拾起便可。现在回想起来，那情境不像是他的人生过往，倒像是小说或电影中的情节。此后的人生再也没有那么简单过。让他害怕的是，如果今天的安迪同样身处那间俱乐部，同样坐在那黏糊糊的吧台，他根本就无法向西尔维亚开口，就算他开口了，她的目光也会穿过他，就像他完全不存在一样。

*

每次开场前，安迪总会在化妆间独自待上几分钟，不过这化妆间从来就不是真正的化妆间。通常是管理人员狭小的办公室，桌上放着合家福照片，墙上挂着装框的证书。有时也是储藏室，如果是单身派对，那就是卧室，有时甚至就在他的车里。他用的油彩是黑色和橙色，要过好几天才能彻底脱落；他用过的浴巾会留下屎色的污迹。西尔维亚称这些浴巾为“都灵裹尸布”。她在玄关，头顶一块脏浴巾，喊着：“弥赛亚！弥赛亚！”这曾是他们之间的一个玩笑，但后来却变了味儿。他们的关系起起伏伏，但最近安迪嗅到一种以前从未出现过的酸味。他知道他们是该谈一谈了，但比较起来，不去触碰日子更容易些。还不如谈谈孩子，聊聊柴米油盐，开开玩笑，或是索性什么也不说。

对于安迪，穿戏装是一种仪式。他将其视作一道门，把自己和舞台角色区隔开。盯着他的小镜子，他在脑中预演要讲的笑话。上天赐予他的鼻子不及金德姆的那样非同寻常地宽阔，不过用来致敬倒也够了。其他就要靠行头了。他戴上假发帽，粗糙的发网让他的前额仿佛流过一道低压电流。在靠近鼻翼的右脸颊，他用化妆胶水粘上铅笔橡皮头大小的一粒痣。戴上猩红的领带，穿上黑色的西装。如果是单身派对，或者来自学校的邀约，他会打扮得更浮夸些：粉蓝色的衬衫，皱得像是从海底一路摸爬滚打而来，还有件从慈善商店淘来的杏色天鹅绒外套。

八年前，模仿金德姆本只是一时兴起。当时的他忙活了半个小时，已经山穷水尽，好的新段子仿佛已经被掏空。金德姆让他终于享受到了观众的笑声——那种笑声他用自己的段子已经很难赢得——它们落入他的手中，仿佛瓜熟蒂落。于是他又干了一次，然后又干了一次。他开始得以在东海岸一些重要的场所出演，虽是位居末席，但这些地方从前的他可是连边儿都沾不上的：波士顿喜剧俱乐部，纽约哥谭喜剧俱乐部，他甚至还在卡洛琳喜剧俱乐部登过一次台，正是在那里赫德伯格献上了他人生中最后一场演出。这一切他无法预料，也无法解释——金德姆已经死了，已经被流行远远抛开——但观众们却有了反响。

反响不见得总是积极的，应该说是褒贬不一。要人们理解表演有点困难。他们应该和安迪一起笑，还是笑安迪？这是致敬？还是嘲讽？这种不确定性吸引了一些观众，不过真正的底线是，人们来了，人们消费了，对于喜剧俱乐部这才是唯一重要的。而且安迪觉得，某种程度上这些段子是不朽的。金德姆关于武器的俏皮话在哪里都适用，而且他也不觉得，一个关于岳母大人的笑话，直接的陈述或是讽刺的演绎，观众会认为有多大差别，只要他们被逗乐了。

至于其他喜剧演员，喜欢他的表演只有一个原因：当你在一个古怪的家伙后面登场，你就多了个努力方向。只要你不把观众搞糊涂，他们就会很欣赏你。这也是演出的一部分。安迪下台主持人上台，他刚和安迪握完手，就会对着观众做出一脸的困惑，用大拇指戳着安迪远去的背影，好像在说："这家伙什么毛病?"此处赢得的笑声，安迪觉得，是属于他的。是整场演出中唯一属于他的。

对于其他喜剧演员就他表演的评价，安迪从未抱有任何幻想——他自己也感到羞愧——但是演出结束后，他还是会留下来寒暄，尽管立马开溜才是他的真实心愿。面对面，他们时常不知该如何对待他，而当他们发现他还是个英国人时，好吧，这他妈到底算什么事儿?他解释说这只是暂时的，他正在写自己的段子；这一切并非故意。也有受到冒犯的时候，不过他也可以理解。有时他会被人真诚而困惑地质问，为什么要讲其他人的段子——这在喜剧圈就是犯罪，不过他的情况比较复杂，事实上他并没有试图偷偷地把其他人的作品占为己有，他是光明正大地表演了其他人的整场演出。当然啦，金德姆自己也买了不少笑话，很多喜剧演员都会雇用写手，为什么你不可以像翻唱歌曲一样翻讲笑话呢?不过他从没这样争辩过，因为他自己基本上也赞同这些反对意见。和其他人一样，对于自己的所作所为，他也深感不安。

尽管如此，如果有人当面骂他的表演纯属垃圾，他还做不到泰然自若——虽然他知道他们每个人都是这么想的，就算他们不说。他试图充耳不闻，但在费城的一个晚上，他没能忍住。他为马文·巴特勒开场，一个骨瘦如柴的家伙，顶着个爆炸头，戴着超大的眼镜，一副时尚达人的装束，安迪看了他的表演，还挺喜欢。但演出结束在后台，马文管安迪叫恋尸癖。“是吗？那你最好小心点，马文，”安迪用金德姆的声音说，他两手仿佛抓着谁的屁股，向前猛地顶胯，“因为在我眼里，你他妈就是个死人。”

当演出渐渐成势，安迪的经纪人——当时他还有经纪人——催他准备个后备方案，万一金德姆的继承人注意到他，让他收声。或者人们对这套把戏没了兴趣，这种事迟早都会发生的，因为人们从来就是这样喜新厌旧。安迪向他保证，他每次都会准备好自己的段子，但事实并非如此。他手上什么也没有，全是废话。但当事情真的发生时，所需要的也只是废话：他开始尝试在金德姆的段子里夹入自己的创作，但是一切都不对劲了。语调的转换让人无所适从；改变破坏了他的舞台呈现；他自己的段子不够好笑。他已经数不清自己死过多少回了，他开始失去俱乐部的邀约，一家接一家。与封杀的抗衡，他只能依靠金德姆的帮助，这是他愿意接受的最后的帮助。即便如此，约翰尼能做的也实在不多了。

*

工作日他们家一大早就得吃早饭，这样西尔维亚才能在进城前看到蒂姆和马库斯。天还没亮，餐桌上方的射灯开着。西尔维亚喂着马库斯，蒂姆则安安静静地将麦片一勺一勺放进口中。蒂姆总是少言寡语——他们曾疑心他是否患有阿斯伯格综合征，他们带他做了测试，结果显示他并没有自闭症。显然这只是他的个性。“我倒没觉得有多奇怪，”安迪说，“我小时候和他很像。”

“这就更让人不放心了。”西尔维亚说。

“我有事要宣布。”安迪说，用餐刀敲了敲橙汁杯，西尔维亚用期待的眼神望向他。马库斯盯着她手中勺子里的酸奶。蒂姆的勺子往返于碗和嘴，节奏一点也没乱。“下一个单身派对？在佛罗里达州的那个？到此为止，下不为例。”

西尔维亚笑了。“真的？”她说，“但是为什么呀？我的意思是，这样的表演不是可以让你保持状态吗？”

他以前告诉过她，是的，给那些醉醺醺、闹哄哄的观众表演，确实可以让部分肌肉保持强健，但他想为她做点什么。他感觉自己已经很久都不在这段关系中了。同时，他又担心如果他说出自己的真实想法，她会作何反应，因此他想了套说辞：“我的创作有了突破。我的意思是，这次也许真能出些好东西，因此我需要投入更多的时间。”

“你又开始创作了，安迪。”她只说了这么多，有那么一瞬他在这话语中感受到了那种简单的快乐，然后他才想起其实根本没有什么突破，也没有什么创作。

他勉强耸耸肩，挤出一丝笑。“我们走着瞧吧。”他说。

“一定会很棒。”西尔维亚边说，边把满满一勺酸奶送入马库斯的口中，“而你，小家伙，”她说，听到她的点名，小男孩的眼睛睁得大大的，“到时也要自己吃东西了。对不对，孩子他爸？”马库斯在座椅里扭了扭，看着安迪。

“你想知道我的想法，马库斯？”安迪问。

马库斯点点头。

安迪把勺子按在前额上，酸奶和麦片从他的脸上流了下来。就连蒂姆也笑了。

“我老公真是个喜剧天才。”西尔维亚说。

*

安迪在佛罗里达州有两场秀：第一场在养老院，那是他已经演了好些年的老场子；第二场是单身派对，他称其为单身派对告别演出。苏西是索格拉斯梅多的社会联络员，将在坦帕市接他。“苏西就像莱西！”几年前，他们初次见面，她就这样自我介绍。苏西瘦削而活泼，皮肤的颜色和质地被晒得类似安迪用得最久的一条浴巾。他从没见过像苏西这么热情洋溢的人。她经常笑，笑的时候，整个上半身都会投入其中。当飞机在新泽西灰蒙蒙的天空中挣扎时，他便陷入了苦闷，带着这种情绪他走出接机口，见到了蹦跶着挥舞手臂的苏西，手上一如既往地高举着手写牌，他真希望她没有那么做。上书“约翰尼·金”。

“西尔维亚还好吗？”一开上高速公路苏西便问。她的小丰田里充斥着刺鼻的菠萝香氛，安迪觉得他的皮肤都烧得慌。

“她很好，”安迪说，“就是工作太拼命，不过她还好。”

“小家伙们呢？一定长大了很多，我敢打赌。”

“可不，”安迪说，“蒂姆得了巨人症，家里已经住不下了。他现在睡在柴房里。”

“这是个笑话吧？”苏西问，她的笑容有些犹疑。

“我从不开玩笑。”安迪说，瞪着马路，带了种少年才有的闷闷不乐。

苏西沉默片刻，然后继续聊天，好像什么也没发生过一样：“小儿子叫马库斯，是吗？今年四岁了？”

“马库斯四岁了。苏西，你的记忆力真是惊人。”安迪由衷地赞叹。他每年才见她两次，但她似乎记得他说过的一切家庭信息。

“四岁！”苏西说，“那可是个神奇的年纪。”

“是的。”安迪说，尽管他并不认同。马库斯最爱干的就是横冲直撞，每次不是把自己撞倒，就是把东西撞倒。有趣，但神奇实在谈不上。不过起码和他打交道很简单，不像和严肃的蒂姆。有时安迪在排练，蒂姆盯着他的神情，倒像安迪在诵读阵亡名单。安迪停下来问他：“好吗？”

“很好。”蒂姆答，像个受气的男管家。安迪看着他玩小人，他的士兵和超级英雄，彼此既不怒吼也不厮打，而是相逢一叹，各奔前程。他常在屋子的角落里发现这些小人，他们都被拗成了孤独的沉思者。安迪亲眼所见，他参加同学的生日派对，有条不紊地和每个人握手，像是一位葬礼主持在致以慰问。

“说到四，金德姆先生，”苏西似有所指地说，“你知道吗？距离您第一次来索格拉斯，也已经四年了。”

“真的吗？”安迪答。他当然知道。坦帕的万里晴空正嘲讽着这个阴郁的周年纪念日。他真想一拳砸在手套箱上。苏西还在喋喋不休，但他已经走神了。他还记得自己第一次来这里时，他和西尔维亚的关系是多么紧张。当时她挺着个大肚子，离预产期只有两周了，接到邀约后，他想要拒绝。他以为她会高兴，但她说他们需要这笔钱。他说别管钱了，她告诉他，事实上她自己一个人就可以搞定。当他往回飞时，她临盆了——一下飞机他从语音留言中获悉——等他赶到医院，马库斯已经出生，小巧玲珑，非常棒。西尔维亚的姐姐陪伴了整个分娩，取代了他，从那以后他一直假装自己对此并不在意。

“……你的海报刚贴出去，票就卖出去一堆，”苏西说，“索格拉斯真是爱你啊。”

在这里安迪的票几乎每次都被抢购一空，他告诉自己那是因为这里的观众没有其他选择——西尔维亚管这叫“夕阳红产业”，我的神，他真爱她的想法——他必须承认，起码在这条硬化赛道上，他真的很红。

苏西把安迪送到客居小屋，他每次来都住在这里。他也无所谓：这儿到处都差不多。小屋的外墙刷得雪白，室内空间紧凑，装修简朴。寂静的街道上全是一模一样的白色小屋，它们在阳光下像荧光粉一样耀眼。

“我六点来接你。”苏西的声音从敞开的窗户传进来，车一晃开走了，路边是如此绿意盎然，仿佛都动了起来。晚上她会接他去员工餐厅吃晚餐，带他去她的办公室化妆更衣。他将欣赏她孙辈们的照片，他从没试图记住那些孩子的姓名：“这孩子很好看”；“她的笑容好可爱”；“这孩子真是能干！”他将在索格拉斯乡间俱乐部的多功能厅里演出，这名字让人联想到深色的家具，锃亮的黄铜，但事实上，那里只有土色的墙壁和污迹斑斑且花里胡哨的地毯。

演出结束，苏西将把他送回小屋，他将看着电视直至入眠。第一次来这儿时，由于演出后飙升的肾上腺素，加上对西尔维亚的怒气和担忧，他试图自己从俱乐部走回小屋，好让自己生出些倦意。然而，最终，他彻底迷路，棉花糖般的房子，四面八方延绵不绝，就连屋外种的灌木都是一模一样。他只得打电话向苏西求救，将他从这迷宫中解脱出来。苏西来时，身上穿着柠檬黄的睡袍，脚上套着勃肯鞋，脸上涂着厚厚的绿色面膜。她活力四射。安迪简直怀疑她是否需要睡眠，还是到了晚上她就换件衣服出来拯救世界。

表演刚开始，他就知道，这将是一场罕见的天衣无缝的演出。时机掌握得史无前例地恰到好处，抑扬顿挫完美无瑕。他抵制住了诱惑，以往当表演顺畅时，他就忍不住要往里夹杂自己的创作。他其实很讨厌讲别人的段子，但如果忽略自己的喜恶，不从创作的角度，单纯从表演的层面来看待这场演出，那真是近于完美。“哦，这是间怎样的旅馆啊，”他边说边用手帕擦着脸，“那床单大概是一起凶杀案和两起亲子鉴定案的呈堂物证。”他等笑声减弱，接着说：“哦，天哪，我曾是个丑小孩。”——早早地，已经有了笑声，因为他们是那么信任他。“那么丑，”他边说边摇头，“我要是走丢了，爸妈循着尖叫声就能找到我。”

哈哈哈，呵呵呵，嘿嘿嘿，笑声再次席卷全场，向他涌来。一波快乐的浪潮。他想，这里大多数人应该都曾看过他的表演。这些笑话他们已经听过多少遍了？在这里，在电视上，在录像带上。而他也已经讲过多少次了？他感到强大而痛苦，他自己都想笑。

“多好的观众啊，多好的观众啊。”他嘟囔着。他前后踱着步。他不停地摆弄着领带，仿佛拧着卡在钥匙孔中的钥匙：“什么，粉刺？哦，天啊。一个盲人摸着我的脸说：‘盲文！’你知道他说那写的是什么吗？‘别看！’”

笑声仿佛有了生命。它变得势不可挡，接下来他要做的只是轻轻地捅它一下，用一个神情或是一个耸肩或是假装注意到了台下的不当行径。“是的。”他随口敷衍，当他拉直领带、伸直脖子时，他盯着观众上方出了神。他猛地踮起脚尖，转头往后看，好像被一只无形的手捏了一下屁股。做这些表演时，他连想都没想，他像揉捏面团一样揉捏着笑声。他听到人们打嗝、大叫，窒息了一般大口地吸着气。女人们彼此递着纸巾，男人们对着手帕猛擤鼻子，鼓起的手帕像是翻出来的口袋。再没有什么比一屋子大笑的人更可悲的了。安迪想不起这句话是谁说的，也许是他自己。

经过一场这样的秀，即便是在索格拉斯梅多这样的地方，肾上腺素喷射的后坐力也不容小觑，安迪知道接下来的几个小时他是别想睡了。谢绝了苏西的顺风车，但带上她写好的路径，他离开了俱乐部，被裹入坦帕潮湿的夜。苏西潦草的笔迹写着，他应该在费雯丽街左拐，往北穿过几个街区在右手边找到拉里哈格曼路。他上次离开以后，这里改了路名，苏西解释说，回家时迷路的不只是安迪一个，“还记得那次你从我手上溜走。”以前的街名平淡易忘——木兰路，含羞草街——现在换上了明星的名字，“因为有人就算认不出自己的老公，也不会忘记加里·格兰特。哦，在你问之前，”她补充道，进一步加强她那惊天动地的笑容，“没有约翰尼金德姆街。尚无。”

他路过一间间一模一样的房子。脑海中一幅幅今晚演出的画面已经开始褪色，他的成就感也开始消减，他的胜利降格为一种焦躁的能量。走在理查德张伯伦路上，他的思绪在日常琐事间跳跃，他担心蒂姆——这种担心总在那里，就像隔壁传来的收音机声——同时他也生着自己的气，向西尔维亚撒的那个愚蠢的谎，声称自己又开始创作。他细数了一遍这些年抛弃了自己的那些项目，自打他开始尝试新东西以后，他就越来越少去想这些了。转到詹姆斯斯图尔特路，他想明白了，那些失去的场子已经无法挽回。是时候忘记它们，开拓新天地了。抑或只是忘记它们，用其他什么事来填补自己的时间。他看到一个模糊的影子——一只负鼠？——在草坪上蹒跚。他打了个哈欠。芭芭拉史翠珊路，伯特雷诺兹路，杰森罗伯兹路，家。

回到小屋，往水壶注水准备泡咖啡，烧水的同时，他从手提箱中取出笔记本和铅笔。他可以去睡觉，但他有了个更好的主意，可以让撒谎的罪恶感成为自己的动力：他要开始创作。不过也不是真的写作，他想，只是像猎人追踪野鹿一样时刻保持警惕，我只是记下一些想法的要点。他已经很久没有提笔写作了，仅仅是打开笔记本——笔记本旧了却未着一字，他总是带在身边，等待灵感的到来——这感觉就已经妙极了。

坐在厨房小餐桌前，咖啡雾气缭绕，面前的白纸，不像是令他生畏的荒原，倒像是希望的田野。始于此处的铅笔字迹，他想，可能会成为一屋屋的笑声，正如他几小时前离开的地方。他所要做的，就是开始。只要开始。

但他做不到。铅笔和纸张就像具有相同极性的磁铁，它们彼此抵触。绝望中，安迪想起了一个老喜剧演员的建议，想不出新段子的时候，可以先写自己的老段子，或早或晚，新段子便会自然流淌出来。但他忽然健忘症发作，连一个段子也想不起来。他试图在脑海中重现自己曾经的演出，那时的他有自己的原创，是个真正的喜剧演员；站在舞台上，整个房间一览无遗：变了形的麦克风，发了霉的砖墙，房间后面吧台上方的霓虹灯——屋里除了几排仰起的脑袋，便是一片漆黑，他总会找像霓虹灯这样的东西，来帮助自己定位。在这一团黑暗中，他奋力想挤出些什么。什么都行。

但他做不到。

传来敲门声。安迪起身，穿过起居室，拍开前门旁的门廊灯开关——开关大得像个苹果平板电脑，专为衰老而颤抖的手设计。打开门，他从门缝里看到一位身穿睡袍的瘦老头。灯光捕捉到光头上弓着的几根发丝。他如雕塑般静立，面对突如其来的灯光眯缝着眼。他的嘴动了动，但除了呼吸声，安迪没听到任何声音。老人的双手在身侧颤抖着。

“你好，”安迪说，把门打开了些，老人独自一人，“有什么我可以帮忙的吗？”

“我回来了，乔。”老人说。一双眼潮湿而闪烁。他退后一步，又上前一步。

安迪叹了口气。他感觉自己即将实现重大突破，偏偏就在这当口儿被打断了。

“有什么我可以帮忙的吗？”他说，“其实我有件事正做到一半，所以……”

男人挥了挥手，好像在说：“去忙你的吧。”但人却依旧站在门口。安迪猜想，就算他现在当面甩上门，明天早上开门，这男人估计还站在那里，自言自语。

安迪重重地叹了口气，他认命了：“你要不要坐下来？想喝点什么吗？茶？”

“都是胡扯。”男人打开了话匣子。门旁面对面地放着一对藤椅，男人转身坐入其中一张椅子。他跷起二郎腿，一只穿着毛巾拖鞋的大脚晃荡着。

安迪沿着街道上上下下看了看。一座座的小屋在月光下泛着银光，潮湿的空气像只大手抵在他面前。老人哼着小曲，曲风还挺激昂，也许是贝多芬。

“来杯水？”安迪问。

男人把头靠在干瘦的拳头上，微微一笑。

安迪进屋，按了按闭起的双目，没了主意。他鼓起面颊，又从双唇间挤出空气。他从冰箱里拿了壶水，倒上一杯，递给老人，老人礼貌地接过水，然后身体前倾，焦虑地四下张望。他示意安迪坐下。安迪刚坐下，老人就一把抓住了安迪的手腕，力气大得惊人。

“帐篷是条破碎的河流。”他边说，边把身体往前倾。他的睡袍敞开了，安迪可以窥见他赤裸的身体，目光往下移，一直移到它本不该去到的地方：一条白色的瘦根撑着个皱皱巴巴的小肚子。“你懂吗？”男人问，“乔！”看上去他的愤怒多于困惑。他把安迪的手腕抓得更紧了。他又开始哼唱，从他喉咙里传出的声音惊人的嘹亮。他的口气有股酸味，像是开张前的俱乐部。哼着，唱着，老人的眼中噙满了泪。

“嘿，冷静些。”安迪说，但哼唱声却越发响亮了。安迪环顾四周，从门廊到漆黑的街道，真希望有人能帮帮他，可惜这里除了他俩再无他人。老人越唱越起劲，血往上涌，面色都变深了。他的手抓得更紧了。他泪流满面，安迪有些慌了，他抽出自己的手，但力气用大了。老人扑倒在门廊上，跪着，抽泣。他的拖鞋掉了，像箭一样落在身后。安迪弯腰抱起他，把他放回椅中。有那么一瞬，老人光溜溜的脑袋靠在安迪的面颊上，闻上去，是痱子粉掺着驱蚊水的味道。他很轻。抱着他，安迪想起了马库斯和蒂姆在他怀中的时光，有时是哄他们入睡，有时是在他们受伤后给他们宽慰。老人微微打起了鼾，安迪让他靠在椅中，藤条吱吱作响。

*

安迪租了辆车，开去单身派对。他也不知道这些家伙是怎么知晓他的，以前他从没在纽约或是新泽西以外的地方接过单。今天油彩涂厚了，他活动着嘴巴和眼睛，看看还能做出哪些表情。他感觉自己的脸像个即将开裂的鸡蛋。后视镜里，一个被雷到了的男人正瞪着他瞧。

“您已到达目的地。”卫星导航提示。这是一条昏暗的乡间马路。他的到来应该是个惊喜，所以他靠在车边，打电话给伴郎托德，告诉他自己已经到了。这是座老房子，西班牙殖民复兴风格，一棵榕树将房子和马路隔开，树干上缠着弗吉尼亚爬山虎。

托德身材高大，肌肉发达，三十岁上下。他穿着马球衫和卡其裤。他的步伐如此坚定，要么是极其地泰然，要么是彻底地颓然。后者，安迪想。

“好地方啊。”他伸出手，说道。

“不是我的。”托德答，他听上去有些激动。他抽烟的节奏很快，烟刚抽到一半，他就把它弹入了黑暗，从口袋中掏出一包。他用烟指着安迪，像是在用遥控器切换电视频道。

“不，谢谢，”安迪收回没有握过的手，“戒了。”

托德大笑，听起来像个孩子在模仿机关枪的声音。

“把你的笑声留给我的笑话吧！”安迪说，但托德似乎没听到。他取出支烟，按下打火机。他猛吸，但火苗却在香烟头下几英寸处燃着。他一只眼紧闭，一只眼盯着安迪。

“一切都好吗，托德?”安迪开始担心是不是还有一屋子的托德正等着他。托德从口中取出香烟，把它凑到打火机的火焰上。他完全忘记了安迪，只是专注地盯着跳动的火苗。他是如此地全神贯注，安迪几乎开始期待金属的打火机会弯曲，或者香烟砰的一下变成一束花。

“老兄!”托德说，他仿佛大梦初醒。他把打火机收进口袋，把烧焦的香烟扔到草坪上：“我们进去吧。麦克看到你，一定乐疯了。他他妈的超爱约翰尼·金德姆。”

“很高兴听到这些。”安迪说。

托德顿了一下：“你这是哪里的口音?”

“英国。”

“奇了怪了。”托德说。他瞪着漆黑的马路得有好几秒，瞪得那么用力，好像都能看到欧洲大陆了，然后送给安迪一个大大的假笑：“进来吧。”

托德带路。他又点了支烟，烟雾在走廊的灯光下支离破碎。他推开门，招呼安迪走进一间铺着大理石的宽敞的门厅。

“是脱衣舞娘吗?”一个高大壮实有如托德的男人，从右边的一扇门中探出身问道。此外安迪还听到了高昂的舞曲声，呐喊声，全是男人。

“这里有多少人?”安迪问。

托德看着他，有些迷茫。他吸了口烟，说：“二十?二十。不，这不是脱衣舞娘，是约翰尼。”

“哦。”另一个男人应道。他的帽子上写着“马林队”，黑字镶了蓝边。弓起的帽檐下，一双充满血丝的眼睛盯着安迪，他将一个红色的塑料杯送到嘴边。

托德发了阵呆，双目空洞，然后走回来。“布莱恩，”他说，“带约翰尼去楼上。你得换衣服是吗?”

安迪点点头。

“你需要多长时间？”

“二十分钟行吗？”

“很好，”托德说，“带他去游戏室，给他他需要的一切。”他用手指顶住鼻翼，冲布莱恩一乐。布莱恩耸耸肩。

他们走上宽阔的大理石楼梯，来到一条贯穿整个房子的走廊。这里很安静，只有从楼下传来的低沉的音乐声。

“派对很棒吧？”安迪对着布莱恩的后背问道。

布莱恩耸耸肩。“还不错。”他说。他的肩膀圆溜溜的，肌肉退化成了脂肪。他不情不愿地挪着步子，像是忙碌了一整天，正在完成最后一件苦差。他带着安迪穿过整个走廊，打开门，走进一间宽敞的卧室，屋里有张特大双人床，一面落地窗前有张梳妆台。透过一对玻璃窄门，安迪能看到外面的阳台。梳妆台上放着一堆网球大小的可卡因，周围散落的些许白粉，被深棕色的桌面衬得分外醒目。

布莱恩穿过房间。“想吸点吗？”他问，弯下腰，把断断续续的短线聚成麦克风长短的一条长线。

“这可卡因可真不少。”安迪说。

布莱恩看看桌上那堆东西。“你没看到先前的样子。”他说。他看着安迪。布莱恩的两个眼珠慢慢靠近又慢慢分开。他递过一张卷起的钞票，安迪受到了诱惑，尽管以前发生过那样的事情。那是他上一次吸毒，在长岛的一个派对上，那时他们还没有孩子，他和西尔维亚的一个老同事干了一架，醒来时躺在灌木丛中。

“工作时我不吸，谢谢。”

布莱恩耸耸肩，分两次吸尽了桌上的粉线。他直起身，发出声狼嚎，脖子上粗壮的静脉在跳动。安迪把西装袋和手提包放在床上，打开行李。

布莱恩离开了。托德一手拿着伏特加，一手拿着烟走了进来，身后跟着一个蛇蝎般干瘦的男孩。托德看着安迪指着男孩。“马丁，”他说，“新郎的弟弟。”马丁，也许十八岁了吧，看上去是个狠角儿，靠近梳妆台时他猛吸着鼻子。托德用信用卡刮着桌上那堆可卡因。

“卫生间？”安迪问，他的演出服搭在胳膊上。

“左边。”托德说，他的脸凑近桌子，分着可卡因。当安迪走向房门时，马丁盯着他，一脸莫名的紧张，慢慢摇了摇头。

浴室里安迪换上衣服，戴上假发，全神贯注地穿越那道门，门里是自我，门外是金德姆。他听到人来来往往的声音，笑声，又一嗓子布莱恩式的狼嚎。有人敲门时，他正在粘痣，化妆胶水散发出雪利甜酒味。“稍等。”安迪叫道。又是一连串的敲击撼动着门闩。他看看镜中的自己：约翰尼上身。他打开门，门外没有人。“喂？”他用约翰尼的声音唤了一声。没有回应。他走进卧室，四下查看。那堆可卡因，如陨石般满目疮痍，旁边放了张信用卡和卷起的纸钞，纸钞上还沾着血迹。两条细线微微相交。他的眼前浮现出门廊前老人的那双拖鞋，脚趾和后跟处的毛都已经磨平。他真想蜷在床上，好好睡一觉，逃离一切，但那是安迪。约翰尼想要下楼，逗笑那帮混球，而且约翰尼也绝不会放过这免费的可卡因。他整整领带，伸伸脖子，从钱包里取出张纸钞，卷起，吸粉，左边的鼻孔一半，右边的鼻孔一半。他退后一步，倒在床上。他瞪着天花板，活动着嘴唇，嘴唇有些发麻，像喝了碳酸饮料，鼻腔里一阵寒意。他的脸变得麻木，指尖滴着汗，床单感觉粗糙，像带着静电一样。“十分天才一分价”，这些字在脑中反复闪现。他用火车启动的节奏重复嘟囔着这句话。他忽然想起米奇·赫德伯格的一个经典段子：我曾经吸毒。我还吸，但我以前也吸过。当然，他死了，死于吸毒过量。“去他妈的！”安迪大叫一声，他的声带发出破音，说话感觉和以往不同，但挺好。

托德又回来了，径直走向梳妆台。他俯身，片刻后，起身。“该走了。”他一边说，一边捏住鼻子，眨着眼睛收起眼泪。安迪步入宽敞悠长的客厅，音响里传出的乐声震天动地。漆黑的夜从远处的玻璃墙透了进来，房子仿佛悬浮在太空中。满屋的尖叫欢呼，一个男人醉得仿佛提线木偶一般，被推到安迪面前。“麦克？”托德一脸笑容拍着安迪的肩，“过来见见约翰尼。”麦克的脸上从嘴唇中央直到左耳，有一道樱桃红的唇膏印，眼周抹着紫色的眼影，一副病入膏肓的样子，整个眼珠几乎全是瞳孔。他和其他人一样，身着统一的卡其裤、马球衫，这令他的妆容看上去粗俗多于搞笑。他咧了咧嘴，不知是想表达喜悦还是惊恐。

“麦克！”安迪用约翰尼的声音叫道，“很荣幸今晚可以为你演出。你有一大帮兄弟啊。你看着他们的眼睛，几乎和人类没有什么两样。”

托德扑哧一声乐了，麦克却没什么声响，只是点着头。

“不管怎样吧，”安迪拍拍麦克的肩膀，“演出开始了。”

他站在房间的一端，观众们聚在面向安迪的沙发和扶手椅旁。蛇蝎男马丁，和麦克并肩坐在一张大沙发上，凑在他耳边说悄悄话。麦克的头耷拉着，脖子好像断了一样。沙发后面站着两位长者，应该是新郎新娘的父亲，脸上泛着酒色，一个光头，另一个银发平头。大家基本都吸嗨了，大口大口地抽着烟，一些是香烟，大部分是雪茄。屋里烟雾缭绕，一股焦味，酒瓶、塑料杯摆得到处都是。

“我和一个女孩在一起，”安迪提高声音想让大家安静下来，“她是如此爱我。‘你与众不同，约翰尼，你真性感，约翰尼。’她是我的梦中情人。”他耸耸肩，摇摇头，“但接着我就醒了。”他们喝了声彩，除了麦克和马丁，他们仍在窃窃私语，两人头靠着头。安迪时不时瞟他们一眼，他已经学会在观众中找出阻力的源头。“我的老婆，看不起我，”他开始进入状态，“一天我下班回家，门外站了个赤身裸体的家伙。我问：‘你的衣服呢？’他说：‘你的职业操守呢？你回来整整早了两个小时。’”

每个包袱都能掀起一个高潮。安迪热爱的，正是这种简单而顺畅的交易：语言，换取笑声。把握好时机，笑声就会产生自己的能量，这正是他想要的，纯粹的东西。段子只是工具。他吸了吸鼻子，一股氨味涌入口腔，他打了个战。他听到了笑声，但不知道自己刚刚说了什么。“我告诉我老婆，”他说，但愿自己不是在重复，“我告诉她：‘我见了心理医生。他说我们应该分手。’她说：‘我见了卡车司机。他也这么说。’”哄堂大笑，趁着这工夫，安迪重新组织自己的表演，就在这时，答案出现了，就像完美的即兴台词有时也会蹿进自己的脑袋一样：要走出金德姆，就得通过金德姆。所有这一切，单身派对和养老院，苏西和托德，下午俱乐部里的臭味，化妆间里堆满的清洁用品，人到四十，其他喜剧演员的憎恶，还有约翰尼笼罩下的一切：这就是安迪要写的段子。他甚至已经想好了标题：离开金德姆。他不知道这段子是否好笑，但这才是他自己的段子。他完全沉浸在这个想法中，以至于过了好几秒，他才意识到麦克已经从沙发上起身，摇摇晃晃向他走来。他的手指直指安迪。“嘿，伙计！”安迪叫道，“这家伙怎么啦?”他向着麦克的肩膀侧了侧身，对着其他人做了个鬼脸，希望房间里其他人别掺和进来。

“你过来……过来。”麦克夹紧了下巴，重复着，一个字一个字往外蹦。他的手掌往下砍，一顿一顿地。

“麦克，”安迪用自己的声音平静地说道，麦克在他的面前摇晃，“伙计，别做傻事。”说话时，安迪感觉麦克的脚抵上了自己的脚。他可以闻到年轻男人吐出的酒气，看见他眼里每一根血丝。他自己都没料到，他一抬脚，脚跟狠狠地跺在了麦克的脚趾上。

麦克一声惨叫，一拳打入安迪衬衫重重叠叠的衣褶中，这一拳不像是打出来的，倒像是放上去的。安迪双手按住麦克的肩，人们围着他俩大声嚷嚷。麦克的头撞向安迪，但失了准头，额头擦过安迪的面颊，安迪向后仰倒，一胳膊清空了半边桌子。他躺在地上，有人过来问他怎么样，他抬起手。“没事，”他点点头，“我没事。”接着马丁一脚踢向他的肚子，他蜷缩起来，什么东西重重地砸在了头上。

一切的嘈杂都开始远离安迪。他听到呜呜声，像邻居钻孔的声音。他向上望去。托德正抱着麦克，布莱恩一边阻拦马丁，一边指向安迪。两位父亲正站在他面前，安迪能看到他们鼻孔旁的粉末，像黑潭旁结的一圈白霜。托德怀中的麦克已经安静下来，几乎睡着。他看到自己的痣正粘在麦克的额头上。一切都像是慢镜头。然后马丁挤过布莱恩，一脚踢在安迪的脸上，一脚踹在安迪的肚子上。安迪蜷缩起来。他感觉自己的灵魂开始游离。他看到马丁倒在地上，感觉自己被抬到了门厅。他被放在了一张椅子上，有人俯身对他说了些什么。通往客厅的门砰地关上，只剩下他独自一人。

眼前的一切开始旋转；一个大理石的漩涡。过去几分钟的影像在脑中扭曲消散。他慢慢站起身。楼上的走廊看上去似乎更长更窄了。他走进卧室，捡起衣服，塞进手提包。这次穿过走廊，他走得快了些。他以为会听到别人上楼的声音，但是什么也没有，只有嗡嗡声，他想那应该来自他自己的脑袋。他用手抹了抹脸，一手的血。他倚着墙壁，走下楼梯。客厅的门仍然关着，隔着门他也能听到里面愤怒的声音。门厅的桌上放着包香烟，经过时他把它给顺走了。他走出大门，沿着车道，顺着漆黑的路，回到车里。发动，加速。几英里之后，他发现自己正驶在一条漫长而笔直的路上，两边都是田野。在刺眼的黄色路灯下他靠边停车，这是他唯一能看见的光。他握紧方向盘，试图平复呼吸。一声尖叫从自己的口中传出，又被他吞了回去。他大口大口地吸着气，就像刚被从海里捞出来一样。他按下点烟器。他的脸很烫，他的身体在颤抖，他的肚子在抽搐，他的左眼肿得已经无法睁开。

他的胃里翻江倒海，他摸索着车门把手，跪倒在路边高高的草丛中。吐完以后，他听到的只有自己紊乱的呼吸和无所不在的、急促而嘹亮的蝉鸣。土地还保存着日间的热度，草尖轻轻蹭着脸。泪水浇湿了一丛草，他用这丛草擦了擦嘴。真想蜷起来睡上一觉，但他抵制住了这种冲动。他站起身，扯下假发，扔进黑暗的田野。接着是夹克，这片黑色跃过灯光，被虚无吞噬。他脱下鞋，甩开臂膀扔了出去，在马路上划出一条弧线，然后是裤子，他踩着裤腿把它从腿上扯下来。他把裤子揉作一团，抡圆了胳膊想扔，忽然胃部一阵疼痛，这时他触到了口袋中的手机。他取出手机，把裤子扔在了地上。他要告诉西尔维亚这一天的过往，他要告诉她自己的想法，他要告诉她一切。穿着衬衫、内裤和袜子，在路灯的照射下，他拨通了家里的电话。

伊　娃

乔曾以为他此生再也不会听到伊娃的音讯。失联九年后，他收到一封电邮，来自瑞典一家医院，一位名叫杨弗斯的医生。她有位病人自称是乔的妻子。他知道伊娃回到了瑞典，但他已经不想再浪费时间去揣测，她住在哪里，做着什么。现在，再一次，他知道了。她在布罗斯的一家医院里，这个小镇在瑞典西部，离哥德堡不远。

“是的，伊娃·杜瓦是我的妻子，”乔在信中回复，他不知道医生对他们的过往到底了解多少，“我们分开了，过去十年我们很少联系。”他附上了自己的手机号码，第二天杨弗斯医生打电话告诉他，伊娃一个多月前被收治，“入院时状态很糟。当时我们的诊断结果是，”她说，“患有精神疾病。”她的声音是如此清晰，乔一时走了神。就像她也身处厨房，正站在他身边，或者甚至离得更近：一个来自内心的声音，或者一个想象中的声音。

似乎是对他这种想法的回应，医生开始谈论幻听和精神分裂——或者起码她用了一个带有“分裂”的词，什么分裂型障碍。乔拿起平板电脑，想做些笔记，但他只是怔怔地望着屏幕柔和的光晕，听着医生讲述一个女人，一个他以为已经永远消失了的女人。

“您能为她做些什么？”他打断道。

“我们——”她起了个头，然后清了清嗓子，“我们只能根据当下的评估一步步来，杜瓦先生。我可以肯定的是，来我们这里以后，伊娃的状态已经有了明显的改善。我们认为，她想要联络家人就是一个积极的进展。”

“她不想见我们，已经很多年了。”乔说。

“可是，她现在要求见您，”医生说，“您和，”她顿了一下，也许是在读笔记，“玛丽。她说她认识的人只有你们。”

乔就这样坐在厨房里，直到路灯照进来。终于，他说：“致电玛丽。”拨号图标出现在屏幕上。他该说些什么呢？玛丽，我们找到你的母亲了。玛丽，她又回来了。“结束通话。”他说。

*

他们的第三次约会，伊娃告诉乔，她曾试图自杀。在苏荷区一家狭小拥挤的西班牙小吃吧里，他们坐在吧台前，乔倾着身子才能听清她的话。她没看他，只是垂了头盯着大理石桌面上张开的手指。乔的目光也垂着，看着烟灰色静脉般的纹理，轻烟般萦绕在白色的石头上。

那是两年前，她说，从因斯布鲁克的一座桥上，一跃而下。“因斯泰克桥。我在‘油管’视频网站上找到的。”

她笑了笑，好像只是在说一件自己的尴尬事，那种孩提时代做的傻事。她在附近订了家旅馆，她说，入住以后，她打开行李，把东西收拾得整整齐齐，“出于某种原因，这很重要。”她离开旅馆，穿过繁忙的街道，来到桥中央，翻过铁栏杆，坠了下去。

“去那里——从伦敦过去的一路上——是那几个月里我感觉最好的时候。是不是很搞笑？我知道有些事情会发生，那将改变一切。当我真的那么做了的时候，”她戳了戳吧台，“就像是解决了一个一直纠缠着我的困扰。我很兴奋，我几乎是一路小跑着到了桥上。”

她下坠十米，落入湍急的水流中，被冲往下游另一座更大的桥。“水流裹挟着我打转。后来我被拽上了岸，只是当时我吞了太多水，已经神志不清。有人，我也不知道是谁，给我做了心肺复苏。这是他们在医院告诉我的。我住了几天院，接受了心理学家的问询，一些警察也把我训了一通。他们说本可以逮捕我，但他们没有。他们一放我出院，我就飞回了伦敦。”

“那后来……你现在好了吗？对不起，这是个很傻的问题。”

“不，这不傻，我现在好了。”说这话时，她的目光离开吧台，望入他的眼，“那些水把我身体里的某种东西冲走了。我再也没有产生过那样的冲动。”

*

这一幕定格在乔的脑海中：伊娃攀上大桥栏杆，然后任由自己倾落。一次又一次，他眼见着她下坠。他认识的人里面，没有谁干过这种事。他渴望再一次见到她。他邀请她去兰贝斯的一家酒吧共进晚餐，这是他朋友托比的生日派对。他骄傲地把她介绍给大家，他的臂膀环着她，他希望在这一群生面孔中，她也能感觉安全自在。她的笑容似乎带着某种深意，那是其他人的笑容里没有的。

当时有二十来号人，一条长桌人声鼎沸。吃完主菜，等着上甜点时，乔和托比的女朋友谢拉聊得热火朝天，托比越过桌子拍拍乔的胳膊。“伙计，伊娃好像开溜了。”他说。

乔一脸困惑，看看他的左侧，她的座位空着，外套也不见了。“可能是去抽烟什么的吧。”乔说，其实他也知道托比是对的。他穿上外套离开酒吧。那是秋天，一个宁静而清澈的夜晚。他向滑铁卢站走去，找到她时已经穿过了几条街，快到地铁站了。“你去哪儿？”他喊道。

她停下脚步转过身。“回家。”她说。她一脸悲戚。

“这是怎么了？有什么不对劲吗？”

她扭过肩。“聚会，”她说，“就是待不住，想走。”

“好吧，”乔笑着说，“那我们现在去哪里？”

“不，乔，你留下吧。”她想挤出点笑容，却露出一丝苦意，“我会打电话给你，好吗？”

他的目光跟随着，直到她消失在街角。

“那种感觉，像是要窒息。”第二天，他打电话给她，她说道。

“这听上去像是恐慌症，”乔说，“我妈妈也有这毛病。”

电话里一阵沉默。“只是偶尔会这样。”她说。

“你和其他人谈起过吗？检查过吗？”

她噗嗤一声笑了。“没，”她悠悠地说，“你觉得我需要吗？”

“嗨，谁需要医生呀？现在你有我。”

*

乔的脑中又回放了一遍与杨弗斯医生的谈话。她说的是“分裂情感性障碍”。“搜索‘分裂情感性障碍’。”他说，屏幕上跳出以下信息。

分裂情感性障碍：

精神性症状类似精神分裂，情感性症状呈极端性障碍

显示更多精神症状？

显示更多情感症状？

“保存搜索。”乔说。他打算以后再看。

*

相遇几个月后，乔和伊娃就同居了。不到一年，他们

就结婚了。婚礼规模很小：出席的只有乔的父母，他的哥哥马克，他的嫂子萨丽，哥嫂的两个女儿，还有托比和谢拉。伊娃没有邀请任何人：她没有在世的亲人和朋友。她和乔的朋友们相处得不错，但和谁都不是特别亲近，大家戏称她为派对逃兵。“你看着点她，乔，”婚礼那天早上托比说，“但愿今天她不会逃走。”

乔写婚礼致辞时遇到了困难：他对伊娃所知不多。她父母双亡，有一个继父，生死不明——她已经很多年没和他联系。除此以外，乔所了解的伊娃就是他俩共同生活中的伊娃。当时看来，这也就够了。“回忆是很重要的，乔乔。”几个月前他的妈妈给他打电话，探听这位新女友的情况时，曾说过。

“我们正在创造回忆。”乔对妈妈说，“我们创造我们需要的一切。”他还在致辞中拿这件事打趣，称她为“潜伏在我身边的卧底”“神秘的外国女郎”。

蜜月第一晚，突尼斯，他俩在露台共进晚餐，烛光摇曳，海风轻抚，棕榈树叶轻轻地拍着手，伊娃告诉了乔一些她以前从没说起的事情，关于她母亲的死亡，以及事发的突然。

“很长一段时间，我都无法从中走出来，”她说，“经常半夜醒来，看到她坐在床边，望着窗外。”

“你现在还会看见她吗？”乔犹豫地问，怕被察觉出自己对于答案的急切渴望。

“因斯布鲁克回来后就没有了，”伊娃说，“我不再去想关于死亡的事了。现在的我对生活更感兴趣。”她微笑着举起白兰地，“和你一起的生活。”

*

乔输入“布罗斯”。他先看了看市中心，然后搜索医院。他找到了，医院坐落在市郊，一栋呈白色和灰色的六层楼房，毫无特色。布罗斯看上去和他想象中的瑞典城镇差不多，虽然他对瑞典所知有限。他曾以为他们会去那里，伊娃应该会想向他展示自己的祖国。但是婚后不久，当他这样提议时，她说：“我再也不想回去了。永不。”

*

玛丽三岁那年，他们回到突尼斯故地重游。乔所在的公司扩张迅速，他经常加班，他觉得自己正在错过女儿的成长。他喜欢和她在水里闹着玩，给她讲故事，一起在游泳池边吃冰淇淋。伊娃很安静，但看上去是幸福的。她迷上了突尼斯的哈瑞萨辣酱，这里每张咖啡桌或餐桌上都摆着一碟。“我小时候，在瑞典，”她边说，边往面包上涂抹红色的辣酱，“辣椒是很有异国情调的东西。”

“那你们都吃些什么？”乔笑着问。

“在瑞典？”伊娃问，面包停在了嘴边。

“对啊，你小的时候。”

“你才不想听这些呢，”伊娃说，“玛丽，别！”小女孩把手指伸进辣酱，然后送往嘴巴。

“我想的。”乔说。

伊娃擦干净玛丽的手指，抬头看着乔，似乎有些慌乱。“以后再说吧。”她道。

接下来的一整个下午，无论是和玛丽在浪里嬉闹，还是用餐时闲聊，他都在琢磨这件事。他们早早地吃了晚餐，送孩子上床。晚上，伊娃唱着歌哄孩子睡觉，他坐在阳台上喝酒。他都没有意识到自己喝得有多快。伊娃过来以后，他也给她倒了一杯，这时他才发现酒瓶已经快空了，而他的动作也已经变得笨拙。

“她都好吧？”他问。他努力让自己吐字清晰。

伊娃点点头。

“那现在可以告诉我了。”他说。黑暗中，远处传来海水拍打沙滩的声音。

“告诉你什么？”伊娃问，她抿了口酒，在椅子里伸展自己的身体。

“关于你，瑞典，我们相遇以前。什么都行。”

“乔，我累了。”

“那本书是怎么回事？”

“什么书？”

“那本书，”乔愤怒地说，“那本旅游指南，那本你把它当作《圣经》的书。”乔游泳时，和玛丽玩时，伊娃总在读那本书，全神贯注。

伊娃沉默了好一阵，才开口道：“那本书是我妈妈的。”她低头看着桌子，手放在腿上。

“还有呢？”乔问，他尽量让自己的语气听起来是好奇而不是愤怒。

伊娃把一只手放在脸上，五指张开，掌根在额头左右摩擦。“够了，乔。”她说。

“伊娃！”乔的手重重地拍在桌子的木条上。伊娃被吓了一跳，盯着他。他又摊回椅中：“你他妈的为什么就不能和我说呢？”

她的目光又落回桌面。

“我们不幸福吗？”他平静地说，“我不能让你幸福吗？”

她站起身，他抓住她，但她抽开了胳膊。她走向阳台门，一阵微风吹起她肩头的围巾；那围巾像件披风般在她身后飘了一阵。

乔把他杯中的红酒泼在了桌上。酒溅在了阳台的墙壁上。伊娃停下，回头看看他，然后打开门，走了进去。过了一分钟，乔听到关门的声音。又过了一分钟，他靠在阳台栏杆上，见她离开旅馆，穿过空荡荡的马路走向沙滩，然后融入一片黑暗。

*

夏去秋来，伊娃没再工作。送玛丽去托儿所时，她就在睡衣外面裹件晨袍，乔晚上回家时，她常常还是这身打扮，躺在沙发上看电视，玛丽就在她身边的地上玩。十月初，她终于找了份几天的零工，上工的第一天，乔回家发现她依旧穿着睡衣，家里关着灯，房间里忽明忽暗，她不停地切换着电视频道，每次停留都不会超过几秒钟。音量开得如此之高，以至于她都没有听到乔回家。咖啡桌上一片凌乱：落着面包屑的盘子，黑色的微波炉餐盒，扁了的薯片袋。屋子里一股烟味。玛丽在地上看着平板电脑，头发的颜色随着伊娃切换的频道而变幻。

乔把玛丽抱起来，把她带进厨房，问她有没有吃过东西。他用脚关上通往客厅的门，把电视的噪音挡在了门外，然后坐在玛丽身边，看着她吃酸奶。把她带到楼上，给她刷牙，讲故事。他一直陪着她，直到她入睡。然后他下楼，打开客厅的门，打开灯，从伊娃膝上一把抓过电视遥控器，关掉电视。突如其来的寂静在房间里留下一道惊悚的回音。伊娃依旧盯着电视，她的下巴固执地挺着。

“你今天为什么没去上班？”

“现在不行，乔。”她说，眼睛依旧盯着电视。

“现在不行？那什么时候可以？”她没有回答，他站在了她和电视之间。她抬起头，闷闷不乐。

“以后。行吗？”说着眼泪就涌了出来。她抿着嘴，唇边开始发白，但依然止不住抽泣。她发出一声长长的哀号。乔坐在她身边，久久地抱着她，她的腿叠在他的膝盖上，他的手抚着她的发。他们什么也没有说；每次乔想开口，她总是摇摇头，然后把自己的脸更深地埋进他的肩颈之间。

*

与杨弗斯医生通话的那个晚上，乔躺在床上想着伊娃。想象中的自己跟着她去了因斯布鲁克，如影相随。她走上楼梯进入旅馆房间，认认真真打开行李收拾衣服，把不多的几件上装、裙子、内衣分门别类。房间里充斥着马路上的声音：法式窄门外是装有栏杆的阳台，向外望去，越过繁忙的马路，就是河。天空湛蓝；这是夏末温暖的一天。

她走下楼，手上的钥匙留在了旅馆前台。她沿着街道向前走，目标坚定。他穿过马路，来到河边，与水流逆向走了几分钟。乔输入起点和终点，沿着这条路上上下下滚动屏幕；他知道从旅馆到因斯泰克桥，沿着湍急的因河，要走三分钟。

大桥的绿色护栏是锻铁打造的，呈格子状。她走在桥上，望着脚下的木板，她的手抚着栏杆，划过凸出的半球形铆钉。对面有人走来，她就礼貌地让开。行至桥中央，未做片刻停留，她走到桥靠近下游的一侧，把脚伸进菱形的格子中，攀上去，甩过一条腿，然后是另一条，她要跳脱自己的生活。乔也跟着跳下，但他从桥上直接落入床上，那张很久以前属于他俩的床。

*

一个冬日的周末，阳光和煦，乔带着玛丽去了雷威斯。伊娃让他周末出去走走，他也很乐意这么做。她终日躺在沙发上，时不时蹒跚着走去露台抽支烟，他怎么会想待在这样的家里呢？“都一样。”当他问起这一天都做了些什么时，她总是这样答。不论何时，不论他问什么，她总是一脸的苦痛。他经常冲她大呼小叫，她也无动于衷。他们几乎无法正常交流。

乔带着玛丽有时去汉普郡他父母家，有时去肯特郡马克和萨丽家。托比和谢拉去年夏天搬去了雷威斯，这个周末他第一次去雷威斯拜访他们。那天晚上，乔和托比酒喝到很晚。托比的女儿比玛丽小一岁，他们比着哪个孩子更累人，讲着小家伙们干的那些不可思议的小事儿。

“伊娃好些没？”托比终于问。晚餐时，谢拉曾问起她，但话题很快就被岔开了。乔预计到这个话题再次被提起，会更加难以回避。

“她还好，她没事，”乔说，“她有她的问题，不过你知道的，我们正在改善。”

“她上班吗？”

“现在不。她还没准备好。”

“她在见什么人吗？”

刚开始乔还以为托比是指外遇。他笑了起来，摇摇头。

“不，她没有。我们谈过，但是……你知道。她妈妈的事情。她拒绝任何……医疗干预。再说啦，”他笑笑，“她还有我，不是吗？她还有玛丽。”

“是啦，兄弟，”托比举杯致意，“有了你们，女人还有啥不知足的？”

他们碰杯，饮酒，沉默。托比把最后的酒倒进他俩的杯中，乔撕着酒瓶上的标签。

“不过你知道……”托比说。

“什么？”

“嗯，专业人士，医生，或者其他什么人……也许她可以和他们说说，那些她无法告诉你的事。”

“她可以告诉我任何事。她知道的。”

“她可以！当然可以。只是有时候，越是亲近的人，越是开不了口。”托比靠向桌子，放低声音说，“我也有些烂事……我只是不希望谢拉去面对那些，你明白吗？我不愿讲给你，或者其他任何没有因此得到报酬的人听。”

“什么烂事？”

托比缩了回去，挥了挥手：“这不是关键，只是……只是不要以为她自己就能解开所有心结。事情并非总是那么简单。”

第二天下午，乔和玛丽到家时，天已经黑了。伊娃在外面，只穿了件睡衣外套，勉强能遮住她的背。她在屋外的人行道上踱步，她的呼吸在寒气中凝成了白雾，她的皮肤在路灯下变成了黄色。走近了，乔听到她在反反复复地嘀咕着什么。

“他们来了，”她说，“什么都还没准备好，他们来了，他们已经来了。”

“伊娃，”乔说，“伊娃。”但她似乎根本听不到他的声音。当他抓住她的胳膊想让她停下脚步时，她似乎完全不认识他了。她身上散发出杜松子酒的气味，乔受不了这种酒的味道，他第一次喝就很不舒服。“进屋去，玛丽。”他说。

“妈妈，”玛丽叫道，伸手去拉伊娃的手，“妈妈，很冷的。”伊娃在乔的怀中很僵硬，疑惑地看着周围。

“玛丽，进去！”乔说，“没什么事儿，只是我得和妈妈说会儿话。”

玛丽退后几步，然后转过身，走进前门，门在寒夜中敞开着。家里所有的灯似乎都开着。“伊娃，”乔反复说，“是我。是乔。我觉得你喝得有些多了。”他的声音似乎使她平静了些，他带着她沿着街道往家走。他的脚踢到了什么东西——他们的一部固定电话——四下观望，还有些东西被扔在了前院小花园的灌木丛下：折断的香烟，一条短裤，一只洗碗手套，被揉作一团的杂志纸张。一摞盘子落在门内，下面的盘子已经碎了，上面的盘子歪歪斜斜。乔关上他们身后的门，伊娃又开始踱步，沿着走廊走来走去。

玛丽站在门口看着客厅里。“你怎么了，妈妈？”她问。

乔在她身边跪下。“妈妈不太舒服，”他说，“走路能让她感觉好些。”

玛丽似乎还想问些什么，但终究什么也没说。她看着电视，乔劝伊娃和他一起上楼，在床上躺一躺。她几乎立刻就睡着了，接下来的十二个小时动都没动。她醒来时什么都不记得了。她只记得自己喝了几杯酒，仅此而已。她想一笑了之，但乔做不到。一个人在家喝得酩酊大醉，这当然是个问题，但他觉得他看到的不仅仅是醉酒。

那个星期的某天，伊娃半夜起床下楼。乔发觉她没有回到床上，于是起来找她。他从客厅门口看着她，她的脸被电视映成了蓝色。她裹着毯子，双腿藏在身下，看上去像只蜷在窝里的动物。她两眼发直，让她沉浸其中的，不知是电视节目，还是那种只存在于她一个人眼中的东西。他完全不知道她脑子里在想些什么。“伊娃？”他轻声唤她，然后又提高了些声音。毫无反应。

第二天晚上，第三天晚上，伊娃一再地半夜离开他们的床。然后开始睡沙发。她说感觉自己无力早晚接送孩子，因此乔早上送孩子，下午雇了个保姆接孩子照顾孩子，直到他下班回家。

这一连串的变化发生后没几周，乔和他的财务助理格温第一次睡到了一起。那是月末，他的财务总监去度蜜月，乔必须加几个晚上的班。鉴于伊娃的状况，乔的父母把玛丽接去汉普郡过周末。出人意料的是，伊娃反对这样的安排，虽然刚开始她什么也没说。“我不喜欢她和他们待在一起。”给玛丽收拾行李时，她对乔说。

“为什么？”乔边问边从衣柜里抓出一把衣服。

“他们撒谎中伤我。”她说，耸耸肩，好像她所陈述的是个常识。

“你在说什么呢，伊娃？他们爱你。”

她微笑着，悲悯地摇了摇头。“他们看不起我，”她似乎在和孩子说话，“他们一直都是这样。”

但她还是让玛丽去了。周五晚上，九点多，其他同事已经离开，格温建议去喝一杯时，乔热切响应。起码这比回家好，看着裹在沙发里的伊娃，闻着一屋子的烟味，对着那具被锁住的躯壳。他们去了公司附近转角处的酒吧，里面空间挺大，乔偶尔造访时总是空空荡荡的。在吧台买了瓶酒，他才意识到其实从未真正认识过格温。她来公司已经三个月了，刚过试用期，但他们从未有过合作。他知道她来自利兹，他发现她的口音很迷人。发现她很迷人。坐在角落里，他问了些常规问题——喜欢这份工作吗；什么促使她选择了财务工作；打算参加会计考试吗？——但她并不想聊那些。她想聊聊他，尽管他知道这不是什么好主意，但他还是告诉了她关于伊娃以及他们之间的问题。“我不知道该怎么办，格温。我什么都试过了。”

“她得去看医生。”格温说。

“她不想去。”

“她应该去。我的叔叔大卫过去曾经——现在依然——

有抑郁症，自己挺了好多年——你自己想象一下吧，那可是个约克郡男人。他觉得去看医生并服用药物是他做过的最好的事。”

“他好些了？”乔给格温添上酒。他觉得自己有些醉了。

“是的，完全。”格温点点头，“这种感觉就像是，‘哦，大卫回来了。’就像一个你心心念念了很久的人突然回家了。‘一切都好了。’”

“是这样。”乔说，“就是这样。我知道她被困在了什么地方，我想她回来。”

“哦，乔，”格温说，把手放在了他的臂膀上，“别灰心。”

离开酒吧，走入寒风中，格温嘟囔道：“操！太冷了！”然后靠近他。他的手揽上了她的肩。捏了捏，然后上下搓揉她的胳膊。她蠕进他怀中，抬起头，然后他们相吻。吻着她沾着红酒的温润的唇，被她的舌尖轻轻触碰，这感觉无与伦比。“跟我回家。”她喘息着说，回哈克尼的路上，他俩在黑色出租车的后座，像青春少年般纠缠在一处。走进她漆黑的公寓，她说室友不在，这时，他才惊觉这是个可怕的主意。但随后她褪下裤袜，沙发上她跨坐在他身上，他终于停止了思考。他把她抱进卧室，或者说是试图——她在半道上滑了下来，一只脚蹦跶着，一只脚勾搭着，趁她还没挣脱，他的手抓住了她的腿根，最后几步连奔带跑上了床。他匆忙脱去衣服，趴在床上的她在床头柜里翻找。她给他戴上避孕套，引领他进入自己。他已经很久没有过了，担心自己很快就会缴械。他试图分散自己的注意力，盯着床架上的铁质花饰，但当她口中溢出他的名字，她的指甲陷入他的双臂时，他再也把持不住。他倒在她身上，他的呻吟听起来嘶哑而痛苦，但他却止不住这可怕的声音。他把脸用力埋进枕头，企图扼杀这声音。“嘿，”格温唤道，一只手插进他的发，轻抚他的头，“嘿，嘿。”

他醒来时，时钟收音机上绿色的数字显示 02:34。格温轻轻打着鼾。他拾起衣服，在客厅穿好，轻声关上身后的门，走下冰冷的楼梯，楼道灯明亮而闪烁。脑袋里一抽一抽的，嘴里似乎粘着什么臭烘烘的东西。格温住在金士兰路旁，这钟点正是繁华，所以很容易就搭上了出租车。半小时后，他把钥匙插进锁孔，尽可能地轻声拧动，血液在他耳边咆哮。他听到说话声，看到电视里闪动的光映在白色的客厅门上。他侧着身走向门，眼睛瞥着屋内。伊娃睡了，一只手悬在沙发外面，手中握着遥控器。他从她松开的手中抽出遥控器，关了电视。寂静中他听到她的呼吸声，想起在城市另一端安睡的格温。他的前列腺蠢蠢欲动。他的阴茎黏糊糊的，卡在紧密的螺旋中。他被算计了，他想。他是被迫的。他觉得恶心。他真想一连睡上几天，甚至几周，久到能让一切都回到从前的样子。伊娃的脚从被子里伸了出来。乔给她盖上羽绒被，离开房间。

*

乔曾经常常思量，他是否本可以做得更好，现在伊娃又回到了他的现实生活，他又开始复盘。事后诸葛亮，自然很容易看清他曾经的错误和他忽略的迹象。他想他甚至可以明确地指出区隔希望与绝望的那个周末，但在当时，那似乎很像某种进展。是萨丽出的主意。去年冬天她筹划的根特之旅给了马克一个惊喜。“那很浪漫，乔，”她说，“伊娃一定会喜欢的。我们可以照顾玛丽，让你们好好享受一下二人世界。”

刚开始伊娃拒绝了，但乔让她再考虑考虑。他觉得如果她答应了，似乎就可以让一切回到那个可怕的格温之夜以前，给他们一个全新的开始。当他看到她又开始研究她那本老旧的《欧洲旅游指南》时，他知道她已经有了决定。

让乔震惊的是，他忽然发现，在外面，在沙发以外的地方看到伊娃，是多么的古怪。她变胖了，皮肤苍白油腻。她从来不化妆，她从来就不需要化妆，但现在，乔猜想如果她化妆的话，是不是会让她自己感觉好些呢？但是他没有说出来。事实上，在欧洲之星上，他们几乎没有任何交谈，大部分时间都在阅读。到布鲁塞尔转车，在平坦的田野上行驶半个小时后到达根特。乔有些紧张：过去六个月历经种种困难，现在却要两个人单独相处，还是度假，好生的古怪。

他们乘坐有轨电车到达旅馆，经过富丽堂皇的建筑，穿过开阔空旷的运河，清新的春风掀起波澜，停泊的船只在码头边摇摆。他们的对话显得那么尴尬，就像是第一次约会，但进入城市以后，伊娃似乎甩去了什么。渐渐地，她变得越发的快乐。在旅馆的房间，可以看见河对面伯爵城堡童话般的城垛，她笑着倒在床上，两只脚在空中胡乱地打着圈儿。“让我们一醉方休!”她说。

“听你的。”乔说。

“还要大吃一顿。我饿坏了。”

他们离开旅馆，经过城堡脚下的桥，很快就走进了帕特斯霍尔鹅卵石铺就的小巷里。晚餐他们吃了排骨，餐馆凌乱却舒适，墙上排着书，桌上铺着油布。他们喝了瓶葡萄酒，然后找了家洞穴似的酒吧，在伊娃的强烈坚持下，他们点了最烈的特拉普啤酒。

“犟头，”乔说，“你确定你受得了这个吗?”

伊娃对他吐了吐舌头，酒吧招待把两杯黑啤放在了他们面前。伊娃举起她的杯子，吞了一口。“呣，”她咂吧咂吧嘴，翻着白眼说，“我正在遭受皮鞭……麻布……刑罚。”

乔笑了:“不是教士更喜欢施虐吗?”

“啊，你是对的。”她说，“修道士只是彼此折磨罢了，他们是好人。”

他们看着周围的人。乔喜欢挤在这狭小的空间里，听着其他人高谈阔论开怀大笑，远离那邪恶的沙发和毫无意义的电视噪音。

“和你一起来这儿，真好。”伊娃说，好像听见了他的心思一样。

“真好，”他说，“只是可惜玛丽不在这里。”

伊娃缩进了座位里。

“怎么了？”

“请别这样。”她说。

“什么意思？”

“跟我一起，还不够吗？”

“不，当然不是。”乔糊涂了，“我只是说我喜欢我们一家人在一起，仅此而已。”

“我们在度假，”伊娃说，“让我们忘记那一切。”她饮了口酒。

“那一切？”乔还想说些什么，但他忍住了。他看看四周，角落里一个乐队正在准备：一个吉他手，一个低音提琴手，一个小提琴手和一个小军鼓鼓手。

“你看那个家伙，”伊娃神秘地说，靠在桌上，对着乐队旁一个身着连帽衫、留着络腮胡的年轻人扬了扬下巴，“国际刑警。”她瞥了瞥左右，压低声音，“来调查修道士的。”

乐队以热情的爵士乐开场，小提琴的旋律盖住了吉他的断奏。演奏没开始多久，他们就在座位上随之摇摆起来，乔从吧台又买了一轮酒，回来时伊娃在桌子之间狭小的空间里跳起了舞——酒吧地方太小没有舞池。他们跳了好长时间，伊娃还和她眼里的便衣刑警跳了一阵子，在他举起的双臂下转着圈。回旅馆的路上他们还时不时停下来舞几下，走在黑镜般的莱厄河边，聚光灯下的伯爵城堡对影成双。

第二天他们乘船游览运河，跟随导游参观了圣巴夫教堂的名画《神秘羔羊之爱》，在户外咖啡厅度过了几个小时幸福的悠闲时光，在寒冬中喝着掺有白兰地的热巧克力，一张羊毛毯盖在他俩的腿上。乔没再提起玛丽。给他妈妈发短信，也是偷偷摸摸的，那天晚上，晚餐前，伊娃在他们的房间里看书，他下楼在街边和玛丽视频晚安。“你看这运河，小毛球，”他转过手机，慢慢地平移，“你看这城堡！一个很凶的巨人国王就住在里面。”

“妈妈在哪儿呢？”乔给她送去晚安吻时，玛丽问道。电话放在她的腿上，她棕色的长发垂向摄像头。

“她只是在休息，”乔说，“她爱你。”

“她休息是因为生病吗？”

“不，只是为了让身体变得更好。”乔说，但他不知道玛丽有没有听见，连接失败，他再也打不通。

那天晚上，晚餐后他们直奔旅馆，一年来他们第一次做爱。乔在伊娃身上时，他尝试了，但他无法阻止和格温的那一夜潜入他的记忆，他们翻滚后，伊娃占了上位。她双目紧闭，脸上满是痛苦。她的手插入她的发，越扯越高，直到一束束的头发呈放射状。

"看着我，伊娃。"当她上下起伏时，他说，他觉得她不在这里。他要她和自己一起，他得看着她。"看着我，"他说，"看着我。"

她没有看他，直到结束她都没有睁开双眼，只是蜷缩起来，紧紧地靠着他，什么都没说就睡了。

*

他们从根特回家的那个晚上，伊娃搬回了卧室。接下来的几天，她开始游泳、跑步。她从车库取出自行车，在汉普斯特德荒野进行长距离骑行。在乔看来，就像是一张模糊的照片被重新聚焦，她不是简单地变瘦了：她的眼睛变得有光芒，她的姿态也变美了。白天空闲的时候她开始去电影院看电影，或者去咖啡馆读书。"我要重建生活。"她说，声音里有着渴望。早上她送玛丽去托儿所，下午再去接，中间的时间她一般都在外面。辞退了保姆，乔开心地想，两人假期真的修补了他俩的关系。他开始计划下一次旅行，想着这回可以带上玛丽。

但他的计划还没成形，伊娃就崩溃了。一天晚上回到家，他发现伊娃又身穿睡衣，缩回了沙发。前几周的伊娃消失了，只留下了一个空壳。"我想再出去走走。"她告诉他，声音满是疲惫。

"好的，"乔说，"但我得把工作交代一下。"

"不，"她说，"我一个人。"第二天一早她便收拾行李。

她飞去都灵，计划在皮埃蒙特徒步。乔没指望收到她的音讯，也没嘱咐她保持联络。也许彻底分开一段时间倒是有益的。她离开两周后，乔不知道她什么时候会回来，于是问他的父母能否照顾玛丽几天。“工作简直是场噩梦，”他告诉自己的妈妈，“我需要在周末理出个头绪。”

周五乔和格温分别留下来加班，在办公室几个街区外的咖啡厅不期而遇。他们生分地坐在出租车里，去了乔的家，在门厅里交媾。他们叫了外卖，躺在床上，用乔的笔记本电脑看电影。关于在格温公寓里发生的事，他们只谈过一次。乔请她喝咖啡，并向她致歉。“我很喜欢你，格温，但是我那样做是不对的。我的家庭……”这些话，就像肥皂剧里的台词，如此地不真实，毫无意义。

格温说她不介意。“我明白。”她说，微笑着轻轻摇了摇头，“没关系。我明白。”

现在他们在乔的床上，在羽绒被下纠缠着，吃中餐。他想如果这时候伊娃走进来，看到他们，会发生什么。她会在意吗？他呢？他想不会。

这种感觉并没有持续很久。早上醒来，带着宿醉，他惊恐地发现格温出现在本该属于伊娃和玛丽的空间里。当她从浴室出来时，他告诉她，他胃痉挛，还有些发热。“可能是昨晚吃坏了肚子。”他说，“你怎么样？”

“挺好。”她边说，边用浴巾擦着头发。

“你还是走吧，”他说，“真是很抱歉。”

“开什么玩笑。你要赶我走？现在？”

“不是！我说了，我病了。”

“哦，当然，乔，”格温说，穿上牛仔裤，“你还真他妈有品。”

“格温——”他刚开口，她就抬手打断了他。她收拾东西的时候，他捧着胃站在一边——也不管这看上去有多难看，他只想她离开。

她跺着脚走下楼梯，打开大门。“可悲。”她说这话时头也没回，然后砰的一声甩上身后的门。

一个月以后，初夏时节，伊娃回来了。她给玛丽带了礼物，在一个名叫比耶拉的地方买的牧童雕像，但是关于旅行她却只字未提。她又睡回了乔的身边，但当乔想抱她时，她推开了他。

不知为何，乔觉得，他没有任何权力将伊娃从她的沉默中拽出来。这让他很恼怒，但又觉得自己是活该。他不能告诉她关于格温的事。他觉得自己能解释清楚整件事的来龙去脉，但他决定以后再说，等她好些。

伊娃回来两周后，他俩吃着晚餐，玛丽已经上床，一瓶葡萄酒也几乎见底，她说：“如果你想知道，我可以告诉你。关于我去过的地方。”

“我很想知道，”乔说，“只是怕你还没准备好，所以一直没问。”

她笑了，却没有一丝喜悦，把乔的期许都化作了恼怒。

有必要吗，每一次小小的交流都他妈的这么难?

“我去了斯特雷萨，”她说，把瓶中最后的酒倒入他俩的酒杯，“在马焦雷湖。那是个完美的地方，正如人们梦想中的意大利湖畔小镇。我整天在街上闲逛，或者在湖边发呆。那里没有日程表，也不需要赶去任何地方。”

乔觉得这似乎是针对他和玛丽的牢骚，但他保持了沉默。

“在那里我遇见了一些人，其他游客。一连好几个晚上我们都会去同一个酒吧，两对夫妻和一个男人，他的妻子去年过世了。当时正是她的忌日，他们以前经常一起来斯特雷萨，因此他想故地重游。我知道这听起来有些病态，但当时真没这么想，只觉得很是浪漫美丽。”

“我们一般晚上十点左右碰头。有人建议我们可以共进晚餐，所以我们约了第二天晚上。一切都是轻松而惬意的。但那天夜里我整晚都睡不着。我忽然意识到，自己在酒吧说了些可怕的话，现在每个人都在背后嘲笑我。不只是我的同伴——是整个小镇的人，都在针对我。”她的眼睛，失去了焦点，看着桌上残留的晚餐。

“你说了什么?”

“我不知道，但我觉得很羞愧，难以承受的羞愧。然后我听到了那种……那种钟声，从小镇里传来，我忍不住想如果在湖里听着这遥远的钟声，那感觉该是多么的孤独，然后我忽然意识到——”她顿了一下，用手指戳着桌子，

“——那才是我应该去的地方，被搁浅在远离人群的地方。”

“在湖上？为什么？”

“作为惩罚，惩罚我犯下的罪。意识到这些真是太可怕了。我哭了，止不住地哭。如果不是因为太害怕，不敢离开我的房间，我可能当下就跑了。”

“什么罪？什么意思？”

“去斯特雷萨前，我每天步行约二十公里，”伊娃说，她按着自己的太阳穴，闭上眼睛，睁开，又闭上，“也许我只是累坏了。但那天晚上我怎么也睡不着。第二天早上是一场灾难，我感觉自己的身体庞大而臃肿。湖面上的太阳是如此明亮。花洒里流出的水像指甲划过我的皮肤。感觉惩罚就在门外等着我，走进餐厅，就像是走进法庭。我确信每个人都在盯着我看，而且目光中充满了厌恶，这真叫人难以忍受。我乘船去了小镇对面的那些岛屿。是些很小很小的岛屿，差不多一个小时就可以逛完，但我花了一整天的时间，上上下下来来回回地走。我无法坐下，无法静止。回去时，已是黄昏，小镇里所有的窗户都透着黄色的光，镶在当地特有的深蓝色中；仿佛湖水渗入了空气一般。”

“我当然没去餐厅——我怕被看到。我找到一家最糟的酒吧，我敢肯定那些人一定不会来这里，我喝了瓶葡萄酒。这才感觉平静了些。”她向乔举起几乎空了的酒杯，然后将剩下的酒悉数倒入口中。

“你后来见过他们吗？”他问。

“我成功地躲开了他们。当晚我付了账单，一大早就离开。我乘火车去了洛加诺，待了一个星期。在那里我感觉好了一些，好了很多。我再也没有和任何人交谈；这感觉好极了。然后我去了苏黎世，然后回家。”

沉默许久。“就像在因斯布鲁克？”乔问。

“不，完全不同。”伊娃说，她盯着天花板，思索着，“在因斯布鲁克我是平静的，甚至可以说是快乐的。我做了一个决定；我很清楚自己在做什么。但在那儿我感觉……恐惧。”

“恐惧什么？”

“谁知道是什么呀？”她趴了下来，用拳头撑着脑袋。乔不知道她是累了，还是厌倦了这谈话。

“你必须去看医生，”他说，“你不能再逃避了。”

她坐回椅中，揉了揉眼睛。“你是对的，”她打着哈欠说，“你是对的，你是对的。逃跑有什么用呢？”

*

第二天，玛丽的托儿所打电话给乔，说伊娃没去接孩子。回家的路上，他打电话给她，但电话直接被转入语音信箱。他和玛丽回到家时，屋里没有光。厨房桌上留了张纸条，随手撕下的纸片上有几行铅笔字：

我得离开一段时间。我会和你们联系。

伊娃

接下来的七年他们都没有见到她。

*

杨弗斯医生在语音信箱里的留言很简短。“杜瓦先生，伊娃想见你和玛丽。你们能来吗？”

*

玛丽无法理解这一切。睡前她总问，明天妈妈会不会回家。“明天不会，”乔说，“但希望快了。”她对沙发产生了一种特殊的依恋：“那是妈妈的位置。”如果有人坐在那里，她总会抗议。乔本想烧了那东西。

当时很明显，一段时间内伊娃都无法工作，因此乔给她单独开了个账户供她开销，他知道她手上有些可支配的钱，但这并不足以支付她的旅行费用。她消失后的几个月，一张来自日本的明信片出现在门垫上。一个月后，又是一张，来自加拿大。有时候一个月会收到两张，有时候半年才一张，明信片总是来自不同的地方：墨西哥、越南、法国、挪威。他不知道她这一路上都是在从事怎样的工作，明信片上从未谈及这些，总是只言片语。

斯洛文尼亚 2012 年 4 月 21 日

你们俩，

这儿的树林里长满了黄色的羊肚菌。清晨是最好的时光。

吻，伊娃

罗马 2014 年 6 月 3 日

我希望伦敦很乖，对你俩很好。罗马还不错。

我很好。

伊娃

伊斯坦布尔 2016 年 2 月 19 日

新年快乐，祝玛丽和乔有一个神奇的 2016。

伊娃

没有哪张明信片能写得长些，或者包含更多的信息。收到第一张明信片时，乔想过去找她，但他也知道那似乎很傻。

“妈妈现在在哪儿？”睡前，在昏暗的夜灯下，玛丽问。

“嗯，上一次的明信片是从希腊寄来的，不是吗？”

“但那是好久以前了。她现在在哪儿呢？”

“我不知道，小毛球，但她会告诉我们的。”

“她为什么要走呢？”

“妈妈生病了，”乔说，“她需要时间康复。”

“但她为什么要去那些地方？”

“她在找她需要的东西。”

“是什么呢？”

“她也不知道。我想等她找到的时候，她才会知道。”

一个习惯形成了。当明信片送达时，无论是谁在门垫上发现了，都会把它靠在厨房餐桌上，这样另一个人就会看到。乔从不主动提起，他会等玛丽先说，那通常是收到明信片一天或两天以后。“妈妈在芬兰。”她说，或者大加那利岛，或者华沙。然后他们会讨论明信片中提及的点点滴滴——沙滩上总刮着风；我看到了一场烟火比赛；清晨窗户里面结冰了——这是他们唯一谈及伊娃的时候。玛丽是个爱思考的女孩，话不多，但乔觉得这并不是她避免谈及母亲的原因。真实的原因更深沉。她不是不想提及，而是无法言说。有时他想伊娃如果死了，可能反倒还好些，就像伊娃的母亲那样。那样痛苦过后的玛丽，终究还可以正常生活。当然这话他永远也没法说出口。

但伊娃并没有死，终于有一天，她送来一张印着苹果园的明信片。乔觉得这看起来像是在英国，他翻过来，一个熟悉的邮戳让他浑身一震。伊娃住在苏塞克斯，明信片上说，她希望玛丽可以去看望她。

*

回想起来，那次的震惊比这次更强烈。当时他的想法是，简而言之，根本就不该去看她，但他知道，他不能那样对玛丽。不过，这次，他绝不会告诉玛丽伊娃的下落。他会为自己的出行编个理由。他确信这样比较好。

*

伊娃既没解释她为何回来，也没交代她如何在赫斯彼朋特，这个南唐斯山脚下的小村落脚。她租的房子在车站附近，排屋最边上的一间，两室的破旧小屋，屋外缠着枯死的常春藤。

第一次拜访时，开门的伊娃手中拿了个罐头，里面有块焦黑的海绵。“我给你烤了蛋糕，”她对玛丽说，“是我妈妈留下的配方，也就她的还能吃。”他们去主街的一间酒吧吃了些东西，整整一个小时，他们基本就在听周围人说话。虽然尴尬，倒也融洽，尤其是玛丽和伊娃。乔看着这对重逢的母女，现在她俩长得真像。

吃完饭他们回家喝咖啡，临行前，乔让玛丽去杂草丛生的花园里玩会儿，他要和妈妈说几句话。透过窗他看到玛丽正对着荆棘自言自语。

“你看上去很好。”乔说。

“谢谢，你也一样。”伊娃说。

“你感觉还好吗？”

“和看上去一样好。”她说，轻轻一笑。

“伊娃，我需要确定你真的好了。我需要确定你不会再次消失。”

“我好了。不走了。”

乔转过头看着她。她对着他微笑。“以前你也说过感觉好了。”他说。

“我不喜欢你这么和我说话，乔。”

“好吧，对不起，但我担心的是她，”他指着窗外，努力克制自己的音量，“她爱你，我不会让你伤害她。”

伊娃摇摇头，看向别处。“你会看到的，”她说，“光说没有用。”

“今天过得开心吗？”回伦敦的路上，乔问玛丽。天已经黑了，A23 公路的红色车流在他们前方穿过黑夜。

很长时间，玛丽都没作声。乔还以为她睡着了，忽然她把头转向了乔。“很开心。”她说，然后转回头，望向窗外黑色的田野。

乔依旧顾虑重重，但伊娃所做的一切都表明她正在努力。她在布莱顿的一间制作室找了份工作，还养了只小狗，一只波士顿梗犬，取名洛基。

作为一个十一岁的女孩，玛丽相当独立：平时晚上她必须待在家，但一到周末，她就会约上朋友，一整天的日程都是满满的。可是每次只要有来自赫斯彼朋特的邀请，她就会推掉其他一切安排。

接下来的几次拜访，乔总是守在周围，直到他确定伊娃能够照顾玛丽，他才同意让玛丽每隔一周在伊娃那里留宿。在伦敦，从周五到周日晚上，他能见到她的时间也不过几个小时；她会在朋友哈里特家留宿，或者睡上整整半天，然后从房间里睡眼惺忪地走出来，洗澡，急匆匆地冲出大门。晚上回到家，她不是躲在房间里，就是心无旁骛地煲电话粥。但在苏塞克斯，没有哈里特的诱惑，乔相信，与伊娃的传奇回归相比，即便是电话也会黯然失色。他告诉自己，这样想太可笑了，但在一个沉闷寒冷的周日下午，当他开车去赫斯彼朋特时——玛丽抱怨说她本可以自己搭火车，他却坚持要送——他终于对这种母女会面的惯例，由羡慕转为了怨恨，不由地想要破坏。

快到时他打了电话过去，停下车他按了按喇叭。他今天不想进去。这房子让他沮丧，剥落的外墙像是患病的皮肤，天一冷玻璃窗上就会结霜变得不透明。现在，花园是棕色的荒地，而夏天的时候，又是荨麻丛生，密不透风。屋里几乎没有什么伊娃的摆设，只有贴着瓷砖的壁炉上放了些小玩意儿，冰箱门上贴了几张明信片。

他有些好奇，玛丽不在时她都干些什么呢。有男人？男人们？她依然很有魅力。但如果有其他男人，玛丽只要知道一定就会告诉他。他自己不会问伊娃；因为自从她回来以后，他们就保持着距离。玛丽是他们的共同领地，他确信，他俩谁都不想越过边界。

除此以外他们唯一谈及的就是钱。伊娃让乔关闭那个为她开设并保留多年的账户，并说她想偿还所有的开销。“那从来都不是借贷，”他说，“我希望你拥有它。”但她坚持。

*

从伦敦开往苏塞克斯的路，乔是如此熟悉，即便现在，这么多年以后，他觉得自己闭着眼睛也能开。他从不让玛丽搭火车。“这是我俩的时间。”他说，尽管一路上往往都是沉默无言，玛丽总是盯着手机。有时候，多数是在从苏塞克斯回伦敦的路上，他俩会起争执。当时的乔自然是不会承认，但其实他就是嫉妒。伊娃选择离开，而他选择陪伴，但为什么玛丽更喜欢和伊娃待着呢？现在伊娃又回来了，又想见玛丽，旧伤疤再次被揭开。他也没想到，自己会如此敏感，而被拖入过往的回忆又是如此痛苦。他还记得那个秋日的下午，他的到来似乎成了不可原谅的侵扰。不管玛丽是否真的这么想，但他确实感受到了她的怨恨，回家的路上刚开始他俩谁都没说话。

“你经常和洛基出去散步？”他终于开口问道。那个周末下雨了。

“当然，”玛丽说，“每天一小时。”

“你和那只狗一定走遍了唐斯山的每一寸土地，”他说，“高招啊，一下就抓住了软肋。”

“你什么意思？”

“什么？”乔装傻。

“什么什么，你想说她是因为我，才养的洛基？作为什么，诱饵？老爸，你真变态。妈很爱那只狗。如果没有那只狗，在那屋里她就是一个人，你知道的。”

“那你在那儿都干些什么？”乔问。

“做事啊。”

“这可没啥信息量啊，玛丽。”

“各种事情啊！”她叹了口气，把脚搁在手套箱上，望着窗外暮光下的原野。她生气时挺着下巴的样子，让他想起伊娃。

“脚。”他说。她把脚重重地放回地面。“什么事？”

“哪件事？”

“什么事，哪件事，随便吧，”乔说，“你们到底干些什么？”

“散步。”玛丽愤愤地说，“喝咖啡。聊天。”

“聊什么？”

玛丽没有立刻回答。乔瞥了她一眼。她倒没有像他料想的那样皱着眉头或是翻着白眼，她只是直直地看着前方：“她告诉了我西班牙的旅行。加泰罗尼亚。”

“就是她不在的这段时间？”“不在”是他们用来描述那段时间的词。乔在脑海里努力翻找那些明信片。

“不是。在你们相遇以前。”

他的怨恨爆发了。这是她从未告诉过自己的事。

“爸，她真的很会讲故事。”

“的确。”他边说边点头。

“别啊，”玛丽说，“我是说真的。她的故事能让我身临其境。”她笑了，“你知道的，还有那个男人。”她开了个头，又停了下来。

“什么男人？”乔问，“在西班牙？”

“无所谓啦，”她说，“下次再告诉你。”她靠回了椅中。很快她就睡着了，直到陷入米查姆的拥堵中才醒来。回到家，她往沙发里一倒，在她自己的小天地里，给她的朋友们发消息——也许，伊娃也是其中一员，乔想。过了一会儿，她站起身，伸个懒腰，一言未发，挥挥手上床去了。

*

乔打电话给玛丽，但她没有接。他记得上次接到她的电话已经是几个月前了。那是八月，她和她的男朋友马特还在爱丁堡。他们决定留在那里过艺术节，他只是问有没有好看的节目，她却一脸的慌乱，打断了他的话。

“爸。我怀孕了，爸爸。我们要有宝宝了。”

乔知道这时他应该说些什么，但他实在无语。

她脸色微变：“对不起。我本打算说得更……婉转些的。”

“哦，玛丽。”乔说。

“你听上去不怎么高兴啊。你就不能为我假装高兴些吗？”

“我当然很高兴。但是你的学业。你不是希望成为一个医生吗？”

“是的。我的意思是……我还是会的。只是，比如说，没有那么快，或者，也许，不像我以前想象的那么简单。”

乔用手捂住了眼睛，按着自己的太阳穴。

“听我说，爸爸，”她的声音变得严肃起来，“这不是什么错误，好吗？这是我想要的。是我的主意。”

她点了一下屏幕，留下乔盯着屏幕中的自己。

*

伊娃突然取消了赫斯彼朋特的见面，一周以后她发了封邮件给乔，说她希望玛丽能收养洛基，她把它留在了邻居家。她已经通知了房东，并付清了账单。“我感觉有什么即将到来，”她写道，“我必须趁一切尚未发生赶紧离开。”乔这辈子从没这么想揍一个人。五十三岁了，还在逃。他不知自己该如何告知玛丽，但当他看到她时，他意识到她已经知道了。他试图安慰她，但她拒绝了。她也不给他看伊娃写给她的信。一连好几天，他俩都没交谈，随后玛丽收到一个包裹，里面是伊娃那本老旧的旅行指南——没有任何留言——玛丽什么也没说。他从没见玛丽看那本书。

明信片又来了。全都来自瑞典，总是在固定的时间到达：生日和圣诞。玛丽十八岁那年，伊娃送给她一个银手镯，上面写着“爱你，妈妈”。记忆中以前收到的明信片上，乔从没看到伊娃使用这两个词中的任何一个，这意味着什么呢？她在一个好地方？她还会回来吗？玛丽戴上了银手镯，但乔知道，如果可以，她多想把这份礼物换成与伊娃交谈的机会。她要告诉她，自己在考试中的表现是多么出色，她立志学医。

玛丽要上大学了，乔很骄傲，这是他家里出的第一个大学生。骄傲而苍老。五十四岁，他成了办公室里的元老，他喜欢这样的感觉。格温早就离开了，新来的财务助理似乎一个比一个年轻，就像是校园里的孩童误打误撞走进了办公室。他看上去一定像个老古董。他的父母越来越虚弱。“你爸爸摔倒了。”一个周五的晚上妈妈在电话里告诉他，整整一周以后，电话里传来爸爸的声音，几乎带着歉意：“你妈妈摔倒了。”伊娃有规律的明信片成了时间的刻度。时不时地，但越来越少，玛丽会问他，伊娃为什么会走，为什么不回来。好些年来，乔都沿袭着她第一次出走时，他编撰的理由：你妈妈病了，她正在努力康复。他自己从不相信这套说辞，他觉得玛丽一定也不信，但他们还是决定这样来解释她的所作所为。但是最近收到一张明信片，正面印着瑞典小镇凄凉的火车站，背面伊娃简单潦草地写了句“生日快乐，乔”，与以往毫无二致，莫名地，这激怒了他。对他而言，这些明信片不再是一种联络，而是一种无休止的提醒。“想我，”每一张明信片似乎都在说，“想我，想我，想我。”

玛丽去达拉谟前几周的一个晚上，乔听到她从酒吧回来，和往常一样，从大门直奔冰箱。他在那儿截住了她，他进入厨房时，洛基刚跃出篮子，在地砖上滑行。玛丽扔了些火腿给它。

“晚上玩得开心吗？”乔问。

玛丽耸耸肩，然后点点头，折了片火腿放进口中。

“喝醉了？”

她翻了个白眼。“灌趴下了，”她说，“明显的呀。”

“好吧。进入大学的培训马上就要开始了。”

“哦，”玛丽含着一嘴的火腿应道，“你都干吗了？”

“看垃圾电视。”

“真的在看？还是睡觉？”

“睡觉多点儿。听着，小毛球，我可以和你说点事儿吗？”

“别叫我小毛球了。”她说，但有些心不在焉。她看着冰箱里，寻找下一个目标。

“是关于你妈。我不知道，如果……”

“发生什么事儿了？”

“不是，没有。反正就我所知没有。但如果真的发生了什么，我们也没法知道啊？我们难道就不配知道她到底在做些什么吗，你说是不是？”

“爸，你别——”

“我不能原谅她对你所做的一切，玛丽。她太自私，太虚伪。”

玛丽的头低了下去，她的发遮住了她的脸。洛基围着她打转，敲着爪子，想要更多的食物。“她不是病了嘛，爸。”她说。

“但起码她可以和我们说说吧。”乔愤愤地说，“她可以让我们帮帮她。”

“干吗吼我。”玛丽说着说着就开始哭了。

他把她揽进怀里。她的手指抓着他的后颈。他还记得她小时候，早上抱她下楼梯时，她也是这样抓着他，膝盖蜷在他的腋窝下。过去她常常把头靠在他的胸前，抓抓他的脖子。他们抱了一会儿。洛基躺在他们脚下，舌头随着呼吸一伸一缩的。

乔用脸蹭了蹭玛丽的发：“我只是想让你知道，如果有时候你生她的气，也是正常的。”

她在他的颈间哼哼了一声。

“什么?”

“肥皂剧演到这里就该进音乐了。”她说着，推开乔，用手背揉揉眼睛。接着，她用夸张的加利福尼亚口音说：“这就像是，人生的一课?而我们的成长需要，”她用手指比画出个引号符，“历经坎坷?”

“你在嘲笑我。”他说。

“不是啦，老爸。就算是，也是善意的。这不是……”她翻了翻眼睛，在搜索合适的词，抑或是说出这个词的意愿，“我喜欢那些明信片，好吗?我真的喜欢。它们让我知道她在某个地方。她还是我的妈妈，即便她干得真是很差劲。如果这就是我能得到的一切，那我接受。”

*

“嗨老爸。”

“嘿玛丽。”

她移动屏幕给他看自己隆起的肚子。

“小东西向你问好，”她说，“‘小东西’，吐一个。”

“女儿啊，你温柔点儿。你就要做妈妈了，知道吗？”

“性别歧视。”说着她的脸又占满了整个屏幕，“晚辈向您问好。”乔看到她身后灰色的天空和淋湿的梧桐树枝。

“典型的爱丁堡天气。”他说。

玛丽瞥了眼窗外：“小东西落地时得长着鱼鳍。老爸？”

“嗯？”

“你还好吗？你看上去有点……”

“有点什么？”

“说不上来。你自己讲啊。”

“我没事。就是有些忙。事实上，我有些事要和你说。我要去德国待几天。”

“德国？”

“是的。开会。那些小朋友搞不定最新的记账软件。”

“哇！真棒。可惜我不能去。”

“就是说。你肯定会喜欢那里。马特怎么样？”

“他很好，在玩英式橄榄球。他和你打招呼呢。”

他一直担心怎么向她撒谎，没想到这么容易。说到底，这是为了保护她。

*

玛丽上大学以后，他们每周通一次电话，几乎每天都互通短信或者电邮。他可以看到她在网上发布的一些内容。假期如果她回伦敦，他就能见到她，只是她经常要参加培训课程，或者去海外做志愿者。如果收到明信片，他会告诉她，拿给她看前面的照片，读给她听后面的信息。

难得的一次，玛丽回家度假，那是他第一次见到马特，当时他们约会才几个月。乔带他们去吃晚餐。马特也是学医的，沉着冷静，这是乔所喜欢的——他几乎可以想象马特淡定地告知自己，他的活检发现了已经扩散且无法手术的癌症——但是晚餐结束时，他就嫌他无聊了。不过他还是很乐意让马特说话，这样他就可以看着玛丽。他被深深震撼，现在的她俨然一个女人。“天啊！”当马特一五一十讲述他们的第一次约会时，玛丽胳膊肘撑着桌子，双手握着杯红酒，叹道，“老爸，千万别小看了，那真是场灾难！在我们走出咖喱屋，遇到他那群队友之前，他简直就是魅力的化身。但接下来的一幕，撞胸，唱屁股赞歌，‘这漂亮的小妞是谁？’活脱脱的伍德豪斯，只是没那么幽默。我根本就没法再和他见面，直到我确定他还是识字的。最终他承认了那种野蛮的肉搏启蒙仪式是愚蠢的，或者起码他假装承认了。”

晚上临别，乔握着马特的手说："显然，这个世界上没有配得上我女儿的男人，不过我还是很高兴认识你。"他们都笑了。他看上去是个好人，乔想这就够了。

毕业前最后一个暑假，玛丽和马特一起环游欧洲，她带上了伊娃老旧的旅行指南。"万一我掉进虫洞，穿越到七十年代呢。"她这样解释。至于要去哪里，她含糊其词，但当他发现收到的明信片中有来自卡达克斯和因斯布鲁克的，他并不惊讶，起码就他所知，这两处都是伊娃曾经去过的地方。来自因斯布鲁克的是张小镇的彩色老照片，因河很显眼，远处跨着一座桥。乔想，玛丽知道那里曾经发生过什么吗？伊娃和她说起过吗？他想起了苏塞克斯的那些周末。他产生了一个古怪的念头，他的女儿比他自己更了解他的妻子。

他想和玛丽谈谈这次旅行，但最终——她回家只匆匆忙忙待了一天，就要回达拉谟——她只是说她想去看看妈妈曾和她讲起的地方："老爸，你还记得吗，她说起这些地方时脸上的表情？"

"是的。"他说，他想玛丽已经忘记了，有些事伊娃只告诉了她，想到他们彼此都不清楚对方知道多少，真是烦心。

*

乔搭早班飞机赶往兰德维特机场。他租了辆车，沿着高速向东行驶，穿过一片松树林。直到此刻，独自在车里，他才真切地感受到正在发生的一切。紧张不安，他打开收音机想分散一下注意，音乐从喇叭里咆哮而出，他吓了一跳。他摸索着陌生的仪表盘，当他听清楚歌词时，他笑了。“操，阿巴乐队？”他大声说，“开什么玩笑？”他摇摇头，双手攥紧方向盘。他跟着旋律哼唱起来，有一句没一句地，他没想到自己居然还记得那些歌词，副歌进入合唱阶段，他放下车窗，放声高歌，歌声飘入冰冷的空气中。

伊娃所在的医院位于城郊，一片白桦林边。乔到达后先和杨弗斯医生简单交谈了一下。她告诉他，伊娃很期待他的到来，但他不可以谈太久，要尽量让谈话轻松一些。“曾经很亲密的人分隔多年，再次重逢可能会很难应对，”她说，“我不希望伊娃因为你的到访而感到不安。”

“当然，医生。”乔说。她觉得这对于他来说就很容易吗？还是他千里迢迢赶来就是为了聊聊天气？

一名护士把乔带到底楼的自助餐厅，窗外是庭院，中间有几丛光秃秃的灌木。窗户玻璃应该是染了色的；望出去灰蒙蒙的，不像是上午倒像是黄昏。餐厅里空荡荡的，只有几个员工在擦桌子。雨丝飘飘洒洒落在玻璃上。护士给乔端来一杯咖啡，在桌对面也放了一杯，是给伊娃的。“无咖啡因。”她一脸严肃地说。

“两杯都是？”他问，但她根本没有理会，隔开几张桌子，坐下来，掏出手机。一串泡泡在黑色的咖啡表面盘旋。

乔背对着餐厅大门，直到伊娃站在身边，他才看到她。

她是如此苍老。才六十岁的人，看上去却要老上十五岁。她的皮肤发黄，沟壑纵横。她的颧骨比过去，甚至比他初见她时更加突出，只是现在它们不再是美丽的标志，而是死亡临近的征兆。颧骨之间，眼周的皮肤如此干瘪，以至于乔第一眼看到的是她的头骨，然后才是她的脸。她的眼睛，原本那对美丽的绿眸子，已变得浑浊而无神。她的唇颤着，她的手抖着，盲人般的在桌面摸索着。

她用瑞典语说："嘿，你好吗？"

"很好。"乔也用瑞典语答道，他记起他们初见时她曾教他的一些瑞典语。那时他也曾想象或许有一天他能说得很流利。但那终究没能成为现实。

她又用瑞典语说了些什么，乔一脸困惑地看着她。意识让她的脸变得生动起来。"对不起！对不起！我太久没有说英语了。我是问你看到动物园了吗？"

"哦，是的。我来这里时经过那儿。"

"我能听到它们，你知道的。那些动物。清晨，有时是午夜。"

话题有些出人意料，但她看上去很清醒。她变得这么苍老，他还是无法赶走这个念头。她浓密的发丝变得稀疏而灰白。头发还是湿的，梳得整整齐齐，从脸庞两边垂下来。她没有化妆，从她的口型和含混的发音，他知道她一些牙已经掉了。她穿着蓝色运动衫，显然是太长了，黑色棉质的宽松长裤和一双帆布拖鞋。她双手放在身前，指尖轻触，仿佛捧着什么细小而精细的物件。双手摇着——或者说是颤着：这种振动并不明显，却始终没有停止。手上布着褐斑，青筋凸起。

“时间的摧残。”伊娃迎着乔的目光说。“还有，”她补充道，握起的双手抬到嘴边，仿佛在从一个小酒瓶中畅饮，“很多的酒精。”

“你都去哪儿了，伊娃？”乔问。

她望向冻结的庭院。凹陷的嘴巴呈现出一种微笑，但这与快乐毫无关系。“哪儿都去，”她说，“我到处走。只要是能找到些工作的地方。漂泊似乎对我有益。一旦安顿下来，一切就变得……太多了。”

“挣的钱够用吗？”

“不太够。我存过钱，但又花光了。不过通常找工作也不是那么难的，像是：卖东西，洗盘子，什么都行。有年夏天，在韦姆兰，我和越南人一起摘蓝莓。那工作很辛苦。后来他们罢工了。”她低头看着桌子。她的肩膀沉了下去，像是精疲力尽：“我也接受一些施舍。你会遇见好人，也会遇见坏人。一段时间，大概有半年吧，我住在森林里——南边，最暖和的地方。”

“你露营？”

“是的，露营。我有一顶小帐篷和一个睡袋。我会生火，我能找到蘑菇，我知道哪些浆果可以食用。但我从未真正地远离文明。我的食物大多是罐头，而不是……嗯……”

“采集？”

“对！我的英文不好。甚至是瑞典文，我觉得，也在减退。”

这是真的。就他们说话的这点时间，她的言辞已经越发生涩。也许是酒精让她变得迟钝，乔想。这样下去是不是会中风？他要去问问杨弗斯医生。他还注意到，她常在字词间加入些奇怪的次元音：一种短促的哼哼，听上去像是种应和，又或者是鸽子的咕咕声。他能感觉到，她必须投入大量的精力，才能保持这样专注的说话。杨弗斯医生告诉过他，她经常走神，而药物还会令她感到疲惫，有时甚至变得糊涂。

她用双手捧起咖啡杯，缓慢地颤抖着，送到嘴边。她喝了一口，愉快地呵了口气。“我用了这么多的时间，就是想要结束它，”她说，“但我总是失去勇气。然后就疯了，一天又一天，完全不知道到底发生了什么。”她笑了，有那么一瞬，乔曾经熟识的伊娃，就坐在他的对面。

“真的是你。”他未加思索，脱口而出。和这个女人，他曾经的妻子，在这里相视而坐，真是奇怪。

“对，是我，”她说，“一个老奶奶。而你也还是你，也老了。”

“是啊。”乔说，抬起双手，低头看着自己的大肚子。

“顺便问一句，我是吗？”

“是什么？”

“奶奶啊。”

“没，”他说，“玛丽和人同居了，不过我想他们还没打算要孩子。她在读医学院，她将成为一个医生。”

“是吗？”她笑了一会儿，但随后脸色又暗了下来，“我讨厌医生。”

“不是他们帮助了你，让你变好些了吗？”

“他们不知道什么是好。他们唯一所做的就是给我灌药。”

“他们说现在的你比入院时要好多了。你觉得呢？”

“你有交往的对象吗？”她问。

这个问题击中了他。“没有。”他说。事实并非如此，但是他不想谈这个。

“人人都需要陪伴。”她几乎唱着说，这是哪首歌的歌词，乔不记得了。“我有我的医生们。杨弗斯医生，她就是。”伊娃说，就好像她所说的是其他人闻所未闻的新发现，“她说我好些年前就该用药了。”

“好些年前，她又不认识你。”乔生气地说，“他们现在让你用什么药？”

“那些东西，名字又长又丑。一种抗……抗神经药？”

“安定药。”

“对，就是这个。还有一种……抗抑郁药。”

“这些药让你感觉怎么样？”

“时好，时坏。我会头疼，出汗。”她扯着自己宽松的上衣。

他们听着雨点打在玻璃上的声音。伊娃发出细微的咕咕声。一分钟过去了。两分钟。乔已经无话可说了，除非他告诉她，这一切是多么悲惨。他忽然想起一句话：“他们没有分开；他们从未真正在一起。”这是真的吗？他看着窗外光秃秃的灌木，仿佛在痛苦中挣扎，脚下的土壤覆着冰霜。这不是真的。

“你想知道那是怎样的感觉？”伊娃说，在空荡荡的餐厅里，她的声音显得突兀高昂。

“告诉我。”

“发作的时候，好像一切规则都变了。你觉得所有的一切都分崩离析，重组成一种新的形态，一种你无法理解的形态。你失去了理解任何事物的能力。你失去了从椅子里站起来的意志。你认不出镜中自己的脸。你的呼吸是臭的，你的小便是臭的。所有的一切看起来都那么薄，像是纸做的。就好像是有人和你开了个玩笑，不过是很恐怖的玩笑。这种恐惧，碾压一切。这是最糟的。”

“我无法想象。”乔说。

“你永远无法想象。你只会审判。”

并非杨弗斯医生的禁令消除了他回应中的怒气，他只是不想和一个又老又病的女人去争辩：“伊娃，我已经尽了全力，不对你动怒。”

随着谈话的深入，她越发地蜷缩起来，但在这一刻，她挺起了身子：“你有吗？你真的尽力了吗？”

“我的努力，比你想象的要多。”

“每次离开，”她说，“我都是别无选择。因为这是唯一管用的，是我唯一能做的。”她的头垂向咖啡杯。乔也像她那样，发出一串咕咕声，她的动作顿了一下。她猛地抬起头，吓了他一跳。“你无法了解我的处境。”她说，“你不能，玛丽不能，这些医生也不能。”她微微一笑，“没关系。我懂。”

这时有几个人走进餐厅，有病患也有医护人员。午餐时间。雨停了，光秃秃的灌木上滴滴答答地垂着水珠。

“这里有位治疗师，会带我们去外面的白桦林散心。等天气暖和了，我要在那里待上一整天。我一直都很喜欢那些树。”

乔点点头。

“这个女人，她叫我们写作。”伊娃说。

“写什么？”

“故事。”

“编的故事？”

“可以是编的，也可以是自己的故事，自己的感受。不一定非得完全‘真实’。她说，所有的故事，无论关于什么，说到底都是关于自己。所有的绘画，无论展示什么，都是艺术家的自画像。”

“你写了一个故事？”

“是的。”

“关于什么？”

“我的母亲，我的童年。一个真实的故事。”

乔看得出她的自豪。“玛丽一直都很喜欢听你讲故事，”他说，“我可以看看吗？”

那个把乔带进餐厅的护士，乔已经完全忘记了她的存在，这时靠了过来，用瑞典语和伊娃说了些什么。她点点头，举起手说：“两分钟。”

护士看看乔，从桌边退开几步。

伊娃将目光转回到乔的身上。“我想见玛丽，”她说，“我要求。”

“要求？”

“要求。”她说，继续注视着他，缓缓地说，“我本不该成为一个母亲，但玛丽是我的孩子，我不能让她抱憾。你有没有告诉她我在这里？”

“我说了。她说她不想来。”

伊娃的脸沉了下去，好像她的骨头瞬间都碎了。乔本没打算这么说，但是现在话已出口，覆水难收。

“你和她说说，乔。”说着，泪水从她暗淡的眼中滚落，“帮我和她说说。”她的双手越过桌子想抓住他的手，但他没有接应。她的双手悬在那里，颤抖着悬在桌子上方。

“我不能勉强她，伊娃，我怎么能？”乔说。如此振振有词，就连自己都被吓到了。

伊娃的嘴巴抽搐着。伸在身前的双手，在空中战栗。

那个护士又回到他们身边，乔起身告辞。伊娃被带走时，乔唤住了她，护士让她转过身来。“你就要做外婆了，”乔说，“再过几个月。”

伊娃笑了笑，但有些不确定，就像她已经认不出乔了，或者不知道乔为什么要和她说话。她点点头。“好。”她用瑞典语答道。好。

*

回到伦敦的乔有些无措。如果他告诉玛丽，伊娃的所在，玛丽将立刻赶去。无论她对她有多少怨气，他知道，见面的那一刻一切都会消散。这个想法让他恼怒。造成了这么多苦痛的她，凭什么该被原谅？他发誓再也不会让伊娃伤害玛丽，这是他兑现承诺的时刻。抑或，这只是报复？

一周以后，选择不复存在。当他听到一个声音，说伊娃已经死了，他的第一反应是，说了那么多次，她终于这么做了。但事实并非如此，她死于心脏病，是溃疡出血引起的。

乔告诉玛丽，伊娃去世前被医院收治，但他没说这是多久前发生的。他说，那里的员工做了些调查工作。令他几乎失望的是，对于他讲的故事，玛丽没有任何怀疑和挑战，她没有质问“你见过她，是不是？她想见我，是不是？”。他所说的一切，她都当作事实真相，全盘接受。他想，等时机成熟，等孩子出生，他会告诉她，但现在他很忙，好些事需要安排：机票，火化，在墓园里要种的树苗，一棵白桦。出发前一天，他收到一个来自瑞典的包裹。原以为是些行政事宜，不料在里面看到一沓文稿，上面贴了张便条：

你说你想看看，所以给你。

伊娃

便条下方写着标题：“1976 年夏”。他翻开封面，看了一页，又一页：用瑞典文写的。他笑了，把文稿放在桌上，坐了下来。他可以想见，伊娃见到他以后，一定日夜期待着玛丽能改变主意。他甚至可以想见，她夜晚在房间里，聆听动物园里动物们彼此的呼唤。他将头埋入双手中。过了许久，打开一个翻译软件，他开始阅读。

致 谢

感谢希思·布兰尼根、杰克·莱顿–波普和托比·莱顿–波普，是你们的督促让我终于动笔成文。在早期的关键阶段，多亏娜塔莎·苏布拉曼尼恩的辛劳，使得这些故事得以发展。科林·巴雷特、布兰登·巴林顿、大卫·海登、李翊云、艾莉森·麦克劳德、乔恩·麦格雷戈、努拉尼·康纳尔和卢克·威廉姆斯，感谢你们的认真阅读和宝贵意见。伊娃·杨弗斯，谢谢你告诉我那个苹果的故事。艾玛·米切尔，谢谢你让我闻了你的化妆胶水。杰西卡·伯顿，谢谢你在派对上与我的交谈。杰西卡·乌祖里奥、费尔南达·阿达梅、瓦莱丽雅·法里尔和玛丽莎·卡尔–马约尔，感谢你们为努莉雅洗礼命名。感谢利奥·罗布森的建议和面条。感谢彭伦和群岛图书的每一位，你们让我感到自己是如此地受欢迎。艾美·弗朗西斯，能满足我一切期望的编辑。我的经纪人艾玛·帕特森和我的前经纪人杰克·拉姆，你们是我真正的盟友。还有索菲亚、阿斯特丽德和西格丽德：你们是最棒的。

译后记

收到出版人彭伦的邀约，很是欢喜。只读了第一个故事就接下了这本书，克里斯·鲍尔笔下欧洲的七十年代，不知怎地竟也唤起了我这个中国七零后对于童年的回忆：千篇一律的公寓楼，皱着眉头的母亲，四处乱窜的野孩子们，当然，还有谎言。

作者将集子命名为“Mothers”，在三个短篇构成的主体故事中，母亲尽管面目模糊，哪怕长期缺席，仍然深刻地影响了孩子的一生。当时我正终日与家中的小人儿过招，输多赢少。我从最初的野心勃勃，变得越发的小心翼翼，唯恐在孩子的心里留下裂痕。但有时情绪失控也是在所难免，只能自我安慰，也许每个人内心独一无二的裂痕正是人生意义所在，用短短数十载认识它，接受它，填补它。裂缝正是最深层的动力。

十个故事某种程度上都是“在路上”的故事。一本《欧洲旅游指南》，像一根丝线，若隐若现，将伊娃的童年、中年、晚年串联了起来。其他的故事也都与旅行相关。故事中的主人公们大都有着强烈的孤独感、挫败感，旅行在他们是追寻也是逃避。被层层包裹连自己也几乎忘却了的裂痕，经不住旅途的颠簸，崩裂开来。作者用细腻客观冷静的笔触把我们带进了这些“隐形人”的世界。所谓边缘人，其实也只是他们在人群中的位置与大多数人不同而已。

文中写到了很多国家：瑞典、墨西哥、英国、希腊、西班牙、克罗地亚、爱尔兰、法国、美国、奥地利、比利时、意大利。有些我没去过，比如墨西哥，查了好些资料了解他们的神话民俗，短短几十页的文字，译完感觉自己倒像是远行归来。也有些地方是我再熟悉不过的，比如意大利的马焦雷湖，每年总会在那里住几个月，作者的描述与我记忆中的景象在脑海中交叉出现，相同的景致却是完全不同的情调。我觉得这本书挺适合旅行时带在路上读。每个人都在心里藏着不同的故事看着相同的风景。

克里斯·鲍尔全书几乎没有使用任何生冷晦涩的词汇，但却有种诗歌般的节奏和韵味。用舒心的文字写出了闹心的情绪。文字有很强的画面感，尤其是对于自然的描写，有着印象派般的意象。场景的切换，光影的变化，用文字营造出了蒙太奇般的效果。我知道，这样形容会很奇怪，但我觉得这本书的作者应该是一位很出色的摄影师。这本短篇集仿佛一个魔方，相同的人物，类似的情绪，兜兜转转，冷不丁的又出现在眼前，倒也不失为一种阅读的乐趣。

翻译《母亲》一书，是我移居瑞士的第九年。身在异国的孤独感，不似北国的风雪，更像江南的梅雨，看似温柔，但日子久了，心里就像长了霉一样。

当时我的女儿五六岁的光景，瑞士的幼儿园只上半天。早上把孩子送去幼儿园后，我能有两三个小时的闲暇，泡壶清茶，打开电脑。把异国的文字译成母语，感觉就像是走在回家的路上。翻译于我，是种疗愈。

Chris Power
Mothers

图字:09-2022-0668 号

图书在版编目(CIP)数据

母亲/(英)克里斯·鲍尔(Chris Power)著;王颖译.—上海:上海译文出版社,2022.9
书名原文:Mothers
ISBN 978-7-5327-8944-3

Ⅰ.①母… Ⅱ.①克… ②王… Ⅲ.①短篇小说-小说集-英国-现代 Ⅳ.①I561.45

中国版本图书馆 CIP 数据核字(2022)第 152355 号

母亲
[英]克里斯·鲍尔 著 王颖 译
特约策划/彭伦 责任编辑/刘岁月 封面设计/一亩幻想

上海译文出版社有限公司出版、发行
网址:www.yiwen.com.cn
201101 上海市闵行区号景路 159 弄 B 座
启东市人民印刷有限公司

开本 850×1168 1/32 印张 7.75 插页 2 字数 113,000
2022 年 10 月第 1 版 2022 年 10 月第 1 次印刷
印数:0,001—6,000 册

ISBN 978-7-5327-8944-3/I·5546
定价:58.00 元